Histórias dos tempos de escola
Memória e aprendizado

Prosa Presente

Histórias dos tempos de escola
Memória e aprendizado

Adriana Falcão
Charles Kiefer
João Anzanello Carrascoza
José Rubens Siqueira
Lourenço Cazarré
Luiz Galdino
Márcia Kupstas
Marcos Santarrita
Moacyr Scliar
Regina Rheda
Vivina de Assis Viana
Walcyr Carrasco

© *Copyright*, 2002 dos autores.

Todos os direitos reservados.
Editora Nova Alexandria
Rua Dionísio da Costa, 141
04117-110 — São Paulo — SP
C. Postal 12.994
04010-970 — São Paulo — SP
Fone/fax: (11) 5571.5637
novaalexandria@novaalexandria.com.br
www.novaalexandria.com.br

Dados para Catalogação

Adriana Falcão; Charles Kiefer; João Anzanello Carrascoza; José Rubens Siqueira; Márcia Kupstas; Marcos Santarrita; Regina Rheda; Vivina de Assis Viana; Walcyr Carrasco.

Histórias dos tempos de escola. — São Paulo : Nova Alexandria, 2002. — (Prosa Presente)

160 p.

ISBN 85-7492-051-7

1. Conto brasileiro contemporâneo   2. Ficção   3. Literatura brasileira   I. Autores   II. Título

CDD-869.9308

Revisão de texto: Maria Clara Fontanella
Capa: Suzana Laub
Editoração eletrônica: Eduardo Seiji Seki

Sumário

Apresentação 7

Redação 9
    Adriana Falcão

Morte súbita 15
    Charles Kiefer

Chamada 19
    João Anzanello Carrascoza

Trajetos 29
    José Rubens Siqueira

Volta às aulas 55
    Lourenço Cazarré

Doutor Getúlio 67
    Luiz Galdino

Velho papo de e-mails e confidências 77
    Márcia Kupstas

Um gosto de acarajé 87
    Marcos Santarrita

Nos anos a.I. (antes da Internet) 97
   Moacyr Scliar

Dona Carminda e o príncipe 105
   Regina Rheda

Hoje tem arco-íris 117
   Vivina de Assis Viana

A bela freira 129
   Walcyr Carrasco

Apresentação

Este volume da coleção *Prosa Presente* traz um tema de grande representação para a literatura e para a nossa história pessoal: os anos passados na escola. Fronteira entre o mundo da infância e o dos adultos, a escola é o terreno dos diversos aprendizados. A amizade cultivada, os jogos e as disputas no desafio dos limites da força física, a cumplicidade nos segredos, o surgimento do amor e a descoberta do sexo, as pequenas e grandes revelações que invadem os dias com mistério e emoção permanecem para sempre em nossa memória.

O período escolar é também aquele em que se dão os ritos de passagem para o mundo adulto, ou seja, aqueles episódios da existência em que somos forçados a superar nossos próprios limites, diante dos maiores desafios, e deles tirarmos lições para nossa existência.

Nos contos desta coletânea, cada autor privilegiou um aspecto diferenciado dessa vivência e do cenário em que ela se dá. Na diversidade das situações por vezes pungentes, dos encontros reveladores e dos acontecimentos que inesperadamente tornam-se até engraçados, está a matéria-prima que reconhecemos em nosso espírito na juventude.

Para a literatura, o poder de transformação que essa vivência profunda exerce sobre nós e a intensidade das emoções nela contidas tornaram a escola um tema constante entre os grandes escritores, a ponto de ser reconhecido como uma das contribuições mais significativas dentro da tradição literária moderna.

Redação

Adriana Falcão

Escola Municipal Vereador Carlos Gregório Maranhão
Turma: 4ª C
Prova de Redação
Aluno: Reginelle Carla Gonçalves de Souza
Obs.: Fazer o rascunho com lápis e passar a limpo com caneta.
Boa sorte!

A minha escola

A minha escola é muito bonita.
Ela tem paredes brancas, janelas amarelas, um telhado alaranjado e um portão de ferro bem grande na frente.
E uma árvore sem flores.
E um arame farpado.
E um muro todo pichado cheio de cacos de vidro.
Pra falar a verdade mesmo, a minha escola não é tão bonita assim.
É até meio feinha.
As paredes são brancas só da metade pra cima. Da metade pra baixo são pretas de sujeira (dos chutes dos

meninos). As janelas amarelas têm uns pedaços vermelhos onde o amarelo descascou. O telhado está caindo. O portão está emperrado.

Na frente da quadra colocaram uma placa onde está escrito "Interditada" desde que aquela chuva forte derrubou a coberta. (Interditada quer dizer que o negócio continua ali, mas ninguém pode entrar.)

A cesta de basquete está torta há pelo menos dois anos e ninguém conserta.

O pátio é pequeno e apertado. (E calorento.)

O bebedouro está quebrado.

O corrimão da escada também.

A coordenadora falou que o problema é a falta de verbas.

Verba é um dinheiro que não chega nunca ou então chega muito depois.

Hoje em dia quase ninguém tem verba pra nada, nem pra pagar o supermercado, por isso mesmo o presidente (ou algum amigo dele) inventou esse negócio de merenda escolar.

A merenda escolar tem duas vantagens:

1 – A pessoa come de graça.

2 – A pessoa não precisa trazer merendeira.

Quando eu tinha que trazer merendeira pra escola a minha vida era um inferno porque eu achava muito triste aquele pãozinho embrulhado no guardanapo e a garrafinha de suco. Também porque a minha merendeira era sempre mais feia do que as outras.

E também porque os meninos tinham mania de esconder a minha merendeira em algum lugar bem difícil só pra me ver chorando.

Se a escola tivesse mais verba (dizem), a merenda seria melhor e eles iam reformar o refeitório. Ia ser ótimo. As paredes do refeitório são de azulejos verdes e azulejos verdes me deixam nervosa. Parece que o nome disso é depressão. Outra coisa que me deixa nervosa é a pilha de pratinhos de plástico em cima do balcão. Dá muita pena.

O banheiro das meninas tem escrito "Meninas", mas os meninos rasparam a letra "A" e então ficou "Menin s". As portas das cabinezinhas são todas rabiscadas, mas eu não posso contar quem rabiscou.

Que mais?

Ah! A minha sala.

Até que este ano eu tive sorte e peguei uma sala mais ou menos boa.

Pelo menos não bate sol a tarde inteira.

Os problemas principais da minha sala são os garotos e as garotas. Eles implicam comigo e elas não gostam de mim. Azar o delas. Pra falar a verdade mesmo, azar o meu que fico sempre sozinha no recreio, menos quando a Christine da 6ª B vem conversar comigo. (Ela gosta do meu irmão.) Quando a Christine falta (lá onde ela mora alaga quando chove) eu vou pra debaixo da escada pra ninguém me ver.

A psicóloga amiga da mulher que trabalha com a minha mãe falou que eu sou uma pessoa "de difícil adaptação".

Está na cara que ela não conhece as pessoas da minha escola. (Ou as pessoas em geral.)

Que mais?

Ah! Os professores.

Tirando o professor de geografia, que namora todas as alunas do segundo grau, os outros são muito legais, mas são bem tristes.

Parece que o dissídio foi ruim ou algo assim.

Eu só sei que outro dia a professora de educação física estava dizendo que esse salário não dá nem pro ônibus. Vai ver é por isso que ela sempre pega carona com o professor de geografia. Ou não.

A minha tia acha que o ensino da minha escola é precário.

O meu pai acha que precário é o não sei o quê educacional brasileiro, fora os políticos que não resolvem *** nenhuma.

A minha mãe acha que só Jesus salva e que ele vai salvar o não sei o quê educacional brasileiro.

Na minha opinião, eu acho o ensino menos precário do que a hora do recreio, principalmente quando os meninos me chamam de tamborete, magrela, perna fina, esqueleto de anão etc.

Isso é a pior coisa da minha escola.

A melhor coisa da minha escola é o mapa-múndi.

Antes de a moça da biblioteca ser despedida, era bom porque a gente podia entrar lá sempre que queria pra olhar o mundo no mapa. Agora a biblioteca está fechada e a diretora explicou que não pode contratar mais ninguém nas atuais condições por causa da folha de pagamento.

O homem do Jornal Nacional diz que é a crise.

Faz tempo.

Morte súbita

Charles Kiefer

Pensei coisa ruim quando vi os carros, as bicicletas e as carroças no pátio da nossa casa. Eu tinha doze anos e voltava da escola, as aulas haviam sido suspensas por causa da copa do mundo. Lembrei-me da mãe, da doença lá dela, magra feito um caniço, os olhos fundos e arroxeados, a boca desdentada. Me deu um nó na garganta, uma vontade muito grande de chorar. Há um ano, meu avô também falecera. Agora, eu ia sentir, de novo, o cheiro enjoativo das flores murchas e do sebo das velas. Não lembro se perguntei à mãe o significado do ritual fúnebre, mas ainda posso ouvi-la, com sua voz de passarinho molhado, a chama do círio significa a fragilidade da vida, qualquer ventinho pode apagá-la. Era professora primária, a minha mãe. E fazia questão de conjugar os verbos com precisão, para dar o exemplo. Nisso, nas tempestades da doença, ela também deu o exemplo. Resistiu, até a manhã daquele dia, quando me serviu o último café, sem uma reclamação, um gemido, um momento de desespero. Subi a escada da varanda, lento, zonzo, com dor no peito e nas pernas. Parei no topo, fiquei de costas para a porta. A estrada de chão batido deslizava até a vila, onde a mãe gostava de me levar para passear, tomar sorvete, espiar a vitrine das lojas, como ela dizia, que o dinheiro era contado, mal dava para as necessidades mais urgentes. Nunca mais, eu pensei, e aí sim, aí não consegui mais segurar, chorei como se vomitasse, como se expelisse de minhas entranhas todas as lembranças, todos os afagos, todas as ternuras. Era doce, a minha mãe. De uma doçura serena, como o arroz com leite que ela fazia aos domingos. Eu nunca me cansava de comer. E agora, morta. Nunca mais ela polvilharia pó de canela sobre o meu arroz de leite, nunca mais. Ouvi, à distância, meio abafado, meio brumoso, o hino nacional. Não sei se era uma patriota fanática, mas minha mãe gostava das coisas do Brasil. Nas paradas de 7 de setembro, lá estava ela na avenida, com a bandeirinha, me saudando. Eu marchava teso, engomado. Não sabia bem o que era aquilo, o diretor da escola exigia a participação no desfile cívico, todos obedeciam. Minha mãe me ajudava a decorar longos poemas, que eu declamava no dia da bandeira, no dia do índio, no dia do descobrimento. Na hora do grêmio literário, lá estava ela, na primeira fila do auditório, balbuciando versos mais difíceis, eu não me perdia nunca, a gente treinava leitura labial em casa, antes das apresentações. O hino cessou, abri a porta, atravessei a cozinha. A sala estava abarrotada, meus tios, meus primos, os parentes mais distantes, os vizinhos, todos em silêncio, todos com esse profundo silêncio dos vivos diante dos mortos. Não pedi licença, fui empurrando aqui e ali, pisando os pés de tias e primas, sem me desculpar, eu só queria vê-la, eu precisava vê-la. E, de repente, meu Deus, eu a vi. Linda, quieta, sentadinha, enroladinha num cobertor, a olhar fixamente para um ponto no canto da sala. Enfim, meu pai comprara o televisor que ela tanto queria. Na tela, Rivelino, Pelé, Tostão, e aqueles outros craques que nunca mais esquecemos, iniciavam um caminho pontilhado de extraordinárias vitórias.

Chamada

João Anzanello Carrascoza

A mãe não estava bem. De novo. E quando ela despertava assim, sem poder sair da cama, Renata teria de faltar à escola: nem era preciso o pai ordenar-lhe que ficasse; à menina cabia a tarefa de assisti-la e correr à farmácia, ou ao médico, se fosse preciso. Mas, embora a mãe não lhe parecesse ter acordado pior do que em outros dias — a tosse, como sempre, serenara à luz da manhã —, Renata não entendeu por que o pai, à porta do quarto, disse, secamente, *Vai pra escola, hoje eu fico com ela.* Obedeceu e vestiu às pressas o uniforme, a custo representando a alegria de ir ao encontro das colegas. Engoliu o café da manhã, sozinha à mesa, pensando nas emoções que em breve viveria. Depois, escovou os dentes, penteou os cabelos e foi despedir-se da mãe.

Encontrou-a sentada na cama, as costas apoiadas em dois travesseiros, os olhos inchados de insônia, nos quais ainda se podia apanhar a noite, como uma fruta na árvore, uma moeda no fundo do bolso. E, mesmo sendo filha e conhecendo-a bem, tanto quanto a pétala conhece o caule da flor que a suporta ao vento, Renata não a achou nem mais nem menos abatida, pareceu-lhe até que gozava de boa saúde e nunca sofrera do mal que a consumia. A menina aproximou-se dela, ouviu-a sussurrar com esforço, *Bom-dia, querida*, e respondeu-lhe na mesma medida, *Bom-dia, mamãe*, que outra coisa não tinham a dizer uma à outra, senão essas mínimas e óbvias palavras, por trás das quais havia o desejo visceral de que o dia lhes premiasse com outras levezas — a maior já era terem despertado para um novo dia, não obstante para a mulher, às vezes, fosse insuportável abrir os olhos e dar com o sol a arranhar as paredes.

    A mãe apresentava bom aspecto, se comparado ao de outras manhãs, e, ao beijá-la, Renata sentiu a quentura de sua face, a respiração aparentemente regular, as mãos enlaçadas, dava até a impressão de que, às súbitas, sairia da cama e cuidaria da casa, da roupa da família, do almoço, como o fizera semanas antes, quando vencera outra crise. *Vou pra escola, mamãe*, disse a menina, e a mulher a escutou como se a filha nada tivesse dito senão, *Vou pra escola, mamãe*, e ignorasse que existiam outras palavras, agarradas aos pés dessas, esguichando silêncio. E, para não conspurcar a beleza desse segredo, a mãe abriu-lhe um sorriso — só ela podia saber o quanto lhe custava de vida esse simples ato de mover os lábios —, e disse, resoluta, *Vai, filha, vai*. As duas se olharam, a menina fez uma graça, *Tá bom, já vou indo*, e antes de fechar a porta, disse o que a outra deveria lhe dizer — ao menos era o que a maioria das mães diria às filhas —, como se essa fosse aquela, e Renata só o dissesse por ter ouvido tantas vezes dela, *Juízo, hein*, imitando-a de propósito, mais para agradá-la do que para lhe mostrar o quanto crescera.

    O pai a esperava na sala, vestido como se para um compromisso especial e, ao ver a menina colocar a mochila às costas, entregou-lhe a lancheira, dizendo, *Fiz sanduíche de queijo e suco de laranja*. Mas Renata demorou para pegá-la, espiando pela fresta da porta a mãe que, repentinamente, empalidecera, como se aguardasse apenas ficar a sós para desabar, e então ele emendou, *Não é o que você mais gosta?*, ao que a filha respondeu apenas, *É*. Por um instante, permaneceram imóveis, flutuando cada um em seu alheamento, aferrados às suas sensações. De súbito, ele enfiou a mão no bolso, retirou a carteira, pegou uma nota de dez reais e estendeu à filha, *Toma, compra um doce no recreio*. Surpresa, Renata apanhou o dinheiro, beijou-o numa das faces, a um só tempo despedindo-se e agradecendo pela dádiva; sempre fora difícil conseguir dele algum trocado, e eis que, inesperadamente, punha-lhe na mão uma quantia tão alta... Podia ser uma recompensa pelos cuidados que ela dispensava à mãe, ou um agrado para que o dia lhe fosse menos amargo, como se ele o soubesse que seria, mas Renata não pensou nem numa nem noutra hipótese, já lhe iam no pensamento a escola, as amigas e as lições que teria pela frente.

Desceu a escadaria, saltando os degraus, de dois em dois, e saiu à rua. Pegou o caminho mais curto, subindo a avenida principal, sob a copa larga das árvores, a pisar nas sombras trêmulas que o sol, filtrado pelo vão dos galhos, salpicava na calçada.

O portão da escola permanecia aberto, quase não se via alunos, todos já haviam entrado, somente um ou outro retardatário chegava, ofegante. Estranhou a quietude do pátio, o vazio dos corredores, o ecoar de seus próprios passos. Correu para a sala de aula, sobressaltada, e entrou um momento antes da professora, o coração cutucando o peito, a amiga ao lado já a perguntar, *O que aconteceu? Sua mãe piorou outra vez?* Ia responder-lhe que não, embora hesitasse — ouvira o médico dizer uma vez que existiam melhoras enganosas —, mas murmurou, sem entender direito a razão pela qual mentia, *Atrasei, meu pai me acordou tarde.* Era assim, alguém sempre queria saber como andava sua mãe, e ela se aborrecia com a curiosidade alheia. Às vezes, inventava que faltara à escola por outros motivos, *Fui visitar minha tia; Machuquei o pé; Ajudei minha mãe a encerar a casa inteira,* exercitando o talento para dissimular, como o fazia aquela hora, mirando a amiga, enquanto na memória pendia a ordem estranha do pai, o dinheiro que ele lhe dera, o último sorriso da mãe, *Vai, filha, vai.* E, subitamente, sentiu um estranho remorso por estar ali, tão feliz.

A professora logo deu início à aula. Renata tentou se concentrar, mas uma outra lição a atraía, e era capaz de lidar com as dúvidas que lhe fervilhavam a mente. Mergulhou numa névoa de sonhos, desejos e lembranças, distanciando-se tanto dali, que, ao dar-se conta, a lousa estava toda preenchida a giz, e as folhas de seu caderno vazias, o branco sugando-a para o centro de uma incompreensível ameaça. A amiga a cutucou, *O que você tem?* Renata enveredara-se pelas linhas de sua própria matéria, tão sua que por vezes lhe parecia de outra, e respondeu, sem convicção, *Nada.* A amiga a alertou, *Então, copia.* Mas ela não se animou, manteve-se inerte, agindo contra a sua felicidade, porque se aquela era a sua realidade momentânea, ou ao menos a que desejava, algo a impedia de usufruir de sua plenitude.

A professora caminhou pela sala, a ver se os alunos copiavam em seus cadernos, chamou-lhe a atenção que

Renata ainda não o fizera e perguntou, *Algum problema, querida?* A menina não se mexeu, nem nada disse, sentia o fogo de mil olhares lhe arderem o rosto; ela era, sim, a aluna cuja mãe vivia à cama, mas não queria piedade, nem regalia alguma. Por isso, antes de responder, *Não*, e a professora lhe ordenar, *Copie, senão você vai se atrasar*, ela cravou o lápis com força no caderno e começou a escrever, como quem busca num baú, às cegas, a fantasia que deseja desesperadamente vestir.

A aula continuou, o tempo escorreu com lentidão, licoroso, ao contrário das ocasiões em que ela se divertia e os minutos fluíam aos borbotões, finíssimos, exaurindo-se rapidamente — como pequenas hemorragias de prazer.

O sino soou, a sala num minuto se esvaziou, o pátio se inundou com o alarido das crianças e seus ouvidos encheram-se com as perguntas da amiga, *O que aconteceu?, Está preocupada com sua mãe?, Ela foi pro hospital de novo?, O que você trouxe de lanche hoje?, Vamos trocar?* E Renata ia respondendo, mecanicamente, *Nada, Não, Meu pai está com ela, Pão com queijo, Vamos!* Comeu vorazmente o lanche que trocaram, a boca aberta, ruminando a boa educação que possuía. Não sabia que uma corda se quebrara em seu íntimo e a nova, que a substituiria, precisava de afinação. Nem a companhia da amiga a confortava, queria estar só, agarrada às suas suspeitas. Correu ao banheiro para se livrar de novas perguntas, trancou-se e sentou-se no vaso, a perguntar-se, confusa, *Que será que eu tenho?*

Depois, voltou ao pátio e dirigiu-se à cantina. Observou sem pressa as prateleiras de doces e escolheu mentalmente o maior sonho que havia ali, todo polvilhado de açúcar e vazando o creme espesso. Ia fazer o pedido, mas desistiu e deixou-se ficar ali, muda, hirta, como se pedra. Pegou o dinheiro do bolso, examinou-o, seria o preço que o pai lhe pagara para comprar algo que ela não queria vender? *Você quer alguma coisa?*, perguntou-lhe o homem da cantina, *Se quiser, peça logo, o recreio vai terminar...* Renata o mirou, furtivamente, e, sem lhe dar resposta, enfiou-se entre as outras crianças, repetindo em voz baixa, *Não, não, não...*

 De volta à aula, entregou-se com desvelo às tarefas, tentando afastar-se de si mesma, receosa de compreender o que verdadeiramente se passava consigo, de descobrir outro significado para as surpresas daquele dia. Esforçou-se, mas sentia-se avoada, pensando a todo instante na mãe, como pensava na escola, quando ficava em casa cuidando dela. Não ouvia o que diziam ao redor, as palavras lhe soavam ininteligíveis e o sol minguava — a sala, aos poucos, era engolida pelas sombras. Não havia como desligar os motores do dia, que funcionavam a toda, mas em surdina.

 Então, Dona Lurdes, uma das serventes da escola, apareceu à porta da sala, cochichou ao ouvido da professora que, imediatamente, a chamou, *Renata, pega suas coisas e venha até aqui.* E ela foi, lenta e resignada. A professora conduziu-a com suavidade até o corredor, *Dona Lurdes vai levar você até a Diretoria,* disse, e a abraçou, tão forte, que Renata se assustou, não porque ela jamais a tivesse tocado, mas porque o contato com aquele corpo abria-lhe uma porta que não queria ultrapassar.

 No caminho até a Diretoria, lembrou-se subitamente do dinheiro no bolso, tocou-o com os dedos por cima da saia, conferiu-o. Sentiu o peso do braço de Dona

Lurdes em seu ombro, como uma serpente, e grudou-se ao silêncio com todas as suas forças, embora lhe queimasse nos lábios uma pergunta que se negava fazer.

Encontrou o pai lá, em pé, os olhos úmidos, uma xícara nas mãos, diante do Diretor que — sempre de cara amarrada, a repreender os alunos —, mirou-a com um olhar terno, insuportável de se aceitar. *Se o senhor precisar de algo*, disse ele ao pai, *pode contar conosco*, e acompanhou-os à portaria.

O pai agradeceu ao Diretor a gentileza, ergueu a cabeça, despediu-se. Na calçada, pegou subitamente a mão de Renata. Há tempos ela não andava daquele jeito com ele, e deixou-se levar, obediente, como uma criança que já não era. Atravessaram a rua ensolarada e seguiram pela avenida principal, silenciosos, sob a sombra das grandes árvores. E, antes que o pai lhe dissesse o que tinha a dizer, ela compreendeu tudo.

Trajetos

José Rubens Siqueira

Não sei, não. Essa coisa de memória é esquisita. Não tem verdade nem mentira, fica tudo guardado no mesmo lugar de onde vem o sonho e a gente não sabe o que é sonho e o que é realidade, o que aconteceu e o que a gente inventou. Tampouco não vejo lá muita utilidade de ficar relembrando assim. Principalmente estando aqui nesta situação.

Mas era assim: a gente ia para a escola pelo buracão. Cidade de interior, daquelas que apesar de séculos de fundada não preza tradição, e apaga a própria história numa chusma de construção sem estilo, sem cara, apressada, pensando só no hoje, nem no passado, nem no futuro, como dizia João Tortello, nosso professor de português. Não era pequena, não. Mais para média, cheia de indústria, cheia de imigrante, principalmente espanhol, em busca, quem sabe, do calor seco da região que devêra de lembrar Castela, la Vieja. Eu sei onde é, não se pense que sou xucro, bronco, pelo rústico que pareço. Eu penso.

A gente ia para a escola pelo buracão. Buracão era uns vazios entre um bairro e outro que, por causa do terreno carcomido por algum dos muitos fio-d'água da região, escapavam da fúria das imobiliárias e ficavam desabitados, baldios. Cercados de ruas asfaltadas e calçadas de cimento brilhando brancas, desertas, fritando quentíssimas debaixo do sol do interior paulista, eram buracão mesmo, crateras de encosta íngreme e forma irregular que desciam para o riozinho lá no fundo. Canalizados por debaixo das ruas, os ribeirãozinhos brotavam de um tubulão de cimento, atravessavam o fundo do buracão a céu aberto e se enfiavam por outro tubulão do outro lado, sumindo. Não dava para saber de onde que vinham, por onde que passavam, quantos quilômetros corriam antes de ali brotar, mas a água, transparente que não dava para crer, trazia detritos interessantíssimos. Mormente depois de uma chuvarada.

Não tenho mais como voltar para conferir, quando podia não fui, mas hoje deve de estar tudo coberto e construído. E se não, decerto entupido por quantidade de lixo que, assim como a cidade, há de se ter multiplicado miles e miles de vez.

Era mesmo interessantíssimo o que vinha pelos riachinhos. O mais inesquecível, que ocupou a cabeça da gente durante dias e dias, foi um bebê morto que não devia de ter mais que uns dias, de vida. Inda hoje não creio que tenha vindo pelo riacho. A gente debateu isso daí, deu briga até, e só chegamos na escola passada a hora do recreio, os cinco quietos, sujos, suados, mais que meio dia de aula perdido nessas lidas, extras. Uns pais preocupados já na porta do Grupo Escolar, a gente viu de longe, avisados pela professora, quem sabe até pelo diretor.

A mãe e o pai do Bento Pires, sempre chiques, não perdia a pose, não levantaram a voz nem um segundo, é verdade, mas a tradição de riqueza não agüentou o medo grande de perder o filho único, e o pobre do Bento foi levado embora no safanão, pendurado da orelha pelo pai, com as unhas vermelhas da mãe fincadas no braço. Sorte dele que a família não andava na rua nunca, parecia que queria economizar sola de sapato, só ia para todo canto de carro, não teve de ficar pendurado ali pela orelha e pelo braço muito tempo: jogaram ele para dentro do Buick preto estacionado na esquina, bateram à porta. A mãe dele, dona Arlete, se não me engano, é, Arlete Pereira Almeida Pires, me lembro, era chique pra caramba. Não sei se foi nesse dia, mas fecho os olhos e vejo ela assim sentando assim de lado no banco de couro do carro, sentando, a bunda primeiro, depois puxando as pernas para dentro, segurando a saia plissada do vestido de seda branca estampada de florzinhas de toda cor, o sapato de salto alto bem fininho, na minha lembrança até de luvas branca estava. Duvido. Naquele calorão daquela cidade, ninguém, muito menos a mulher mais chique de todas, havéra de andar de luva. É traição da minha lembrança, memória é traiçoeira, eu falei.

E a mãe de José Arlindo, a boca tesa, a testa franzida com um V de vinco fundo no meio das sobrancelhas, os cachos de cabelo amarelo parecendo os croquetes que a dona Ermengarda Boleira mandava os filhos vender na praça empilhados na cabeça, a bolsa enfiada embaixo do braço, e aquele bafo forte dos dentes pretos que ninguém não via nunca porque, de vergonha, tinha parado de rir fazia já muitos anos e anos, diziam. Minha mãe conhecia ela de criança, estiveram juntas na escola numa outra cidadinha menor ali próxima, e pela minha mãe eu sabia que não era por causa disso que ela não ria, não: o marido, pai de José Arlindo, que até ele acreditava que tinha morrido, havéra mesmo era ido se embora com um homem, um padre, diziam, que tinha largado a batina devido ao vício de gostar do mesmo sexo. Aquilo foi que foi um escândalo quando aconteceu, alguns amigos deles inda tentaram abafar, dizer que nada disso, que era um amigo apenas que estava dando uma força porque ele estava triste com a separação causada mais pelo gênio forte dela, mas não colou. Quem sabe até fosse verdade, naquele tempo não era assim fácil que nem hoje um bicha sair do armário e dar a cara a bater, mas o pessoal não quis nem saber, as língua bateram soltas e a história correu e marcou todo mundo que ouviu. Como ela era muito querida, enfermeira de mancheia, não há quem não se lembre de ter levado alguma injeção dela, ou pincelado a garganta com Colubiasol, remédio que usava quando eu era menino, hoje acho que nem existe mais tal coisa, como ela era muito querida, a história com o tempo foi morrendo, alguns se empenharam em calar os rumores malditos. José Arlindo, por exemplo, não fazia a menor noção que pairava sobre o pai uma suspeita desse porte. Por mais que tente não consigo lembrar o nome dela, a mãe, dona Clo alguma coisa, Clotilde, Clomira, Clorinda, vá saber. Enfim. Falava muito bem ela, sempre com a cabeça meia abaixada, para o hálito ruim da dentadura preta ir para baixo e não ofender as narinas do interlocutor, o que fazia aqueles olhão verde que ela tinha ficar inda maior, cercado de branco assim por baixo, nossa!, eu nem sabia que achava a mãe de José Arlindo tão bonita. Achava. Falava muito bem ela, pronunciava as palavra com todos os erres e esses, sem afetação, porém, que eu me lembre, gostoso de ouvir, a voz veludosa, grossa que nem um xarope. Fazia questã de chamar José Arlindo pelo nome completo, nada de Zé, não admitia, e a gente, os da turma do buracão ao menos, obedecia, nem ornava chamar José Arlindo de Zé Arlindo, ia parecer outra pessoa. Aquele, magrelo, de perna e braço comprido, dentuço assim, o queixo recuado, e a sobrancelha encontrada no meio, o cabelo mais liso que uma vassoura de piaçava, era José Arlindo, assim completo e bem falado. Pois ela com isso tudo, com essa severidade de mulher largada pelo marido e de dente podre e bafo forte, foi muito mais fina e considerada que a dona Arlete Pereira de Almeida Pires e, em vez de tacar uns safanões em José Arlindo, só esticou uma mão dura e reta assim para ele, verrumando a cara dele com aquele olhar verde dela, não disse palavra, e deu mais medo do que um discurso, um sermão, um comício. José Arlindo teve dificuldade de pegar na mão dela, mas quando criou coragem, eu, que estava perto, não esqueço como os dedos dele ficaram brancos de tanto que ela apertou, não por ruindade, mas de nervosa que estava. E foram se embora beirando assim a parede, que era o jeito que eles sempre andava na rua, eu nem lembrava que havia reparado nisso, mas havia: ia a mãe sempre mais na frente, com o braço esticado para trás, e José Arlindo meio arrastando da mão dela um pouco atrás, os dois caminhando rente da parede como se estivesse se escondendo da chuva no beiral, era o jeito deles.

    De nós cinco, só mais o pai de Eliseu estava lá, seu Martin — A Melhor Sapataria do Brasil, assim que ele escrevera na placa da sapataria dele, dizia minha mãe que era mesmo sapateiro dos bons, uma meia-sola durava mais anos e anos, e o calçado não ficava duro, cheio de pontas de pregos para o lado de dentro, não. Seu Martin, o homem mais nervoso do Brasil, isso sim, cheio de tiques, revirava a cabeça assim pro lado como quem quer coçar a orelha no ombro, e arreganhava as ventas do nariz, depois franzia um olho bem forte, com a boca aberta torcida assim de lado, e pronto, ficava normal outra vez mais uns minutos, e começava tudo outra vez, dava susto de ver a primeira vez, depois acostumava. Um pouco. Quando a rigorosidade de minha mãe deixava, eu passava horas, franqueado por Eliseu, que era filho, tinha entrada franca, passava horas olhando seu Martin trabalhar, um sorriso de tachas na boca, fungando, banhado em suor que enxugava numa toalha velha-velha, pendurada no ombro, sempre a mesma, os óculos de lentes tão grossas que o olhinho ficava assim pequenino de toupeira, as mãos tremendo, mas não tremendo de perdidas sem saber o que fazer, tremendo no gesto preciso de pegar da boca um preguinho minúsculo, outro surgindo de dentro do beiço na mesma hora, no mesmo lugar, apertando o preguinho na sola e, com uma batida exata do martelo, o prego sumindo no couro, e o calçado girando assim que parecia por vontade própria, semovente, e ele enfiava de novo naquela bigorninha de colo com diversos suportes para cada tipo de calçado, quem viu sabe, quem não viu não vai entender nunca, outros pares mais já em cima da bancada baixa de madeira, quadrada e muito velha, com os solados revirados, esperando a cola secar. Colar era outro serviço que eu e Eliseu, e olha que ele era filho, tinha crescido na oficina, a gente não cansava de ver: passava aquela cola visguenta com o pincel num lado e no outro que ia colar, o cheiro ardido, toxicante, a gente nem sabia que estava cheirando cola, poucamente, mas estava, a cabeça ficava leve, vai ver por isso era tão bom ficar ali vendo seu Martin trabalhar, e ali ficava as duas parte a ser coladas secando, até a cola ficar no ponto e aí era só encostar uma na outra e martelar para ficar bem grudadinho, por isso que se chama cola de contato, seu Martin ensinou um dia, sem a gente perguntar, numa das suas falas raríssimas, cheio de tiques, o sotaque espanhol carregado, a letra C com a língua dura no meio dos dentes. E agora, pensando bem, acho que sei que seu Martin falava pouco era porque estava sempre com a boca cheia de pregos, não sei como nunca engoliu algum. Eliseu tinha do pai o mesmo medo que eu. Diziam que seu Martin em mocinho havéra matado um homem com um tiro, no coração da Espanha, em Castela, la Vieja, de lá que ele era, ninguém dizia quem era o morto, nem o porquê de matado, e quando eu não agüentei mais e perguntei para Eliseu se era verdade, ele respondeu assim: "Cada um com a sua verdade. Meu pai que falou. Ele pode ser feio, assassino, pobre, dá medo e tudo, mas é meu pai e eu gosto dele". Calei. Continuei querendo saber, não descobri nunca, nem quando vim aqui para dentro, conheci outros que atentaram contra a vida do próximo, mas naquele então respeitei o sentimento do meu amigo, estava certo, eu também havéra de sentir a mesma coisa pelo meu pai, nem que ele fosse cheio dos tiques e assassino que nem seu Martin que, ali na porta do Grupo Escolar, parecia que ia sair dançando de tanto que retorcia, só que nenhum de nós não riu porque a situação era grave, dava para sentir a inspetora de alunos, dona Francisquinha, assim abraçando os braços fininhos cruzados no peito, parecia que estava sempre com frio, ela, brava que era uma fera, mas justa, ela esperando ali a gente chegar para entregar para os pais ou encaminhar para a diretoria. Seu Martin foi falar, se retorceu todo e a fala saiu num grito descontrolado, alto por demais, que ele abafou depressa antes de findar a palavra. Eliseu baixou a cabeça, mais de vergonha do pai esquisito que por causa da situação, seu Martin sentiu a vergonha do filho somada com a vergonha dele mesmo, calou, deu duas torcida mais assim para o lado, foi andando para a rua, depois de dois passos olhou para trás com os olhinhos sumidos no fundo de garrafa dos óculos para ver se Eliseu estava seguindo. Estava. Eliseu não levantou a cabeça, foi indo assim no rasto do pai, só levantou a mão um pouquinho, de leve, sem desgrudar do corpo, para despedir de mim.

Bento Pires dentro do Buick, José Arlindo se esgueirando pela parede com a mãe, Eliseu cabisbaixo na sombra do pai nervoso, restamos eu e Câncio.

Câncio, sabia-se, ninguém não vinha reclamar. O pai e a mãe dele morreram de desastre, os dois junto. Uns contavam que havia sido no pontilhão, uma curva que a estrada fazia bem por debaixo da estrada de ferro, "onde já se viu pontilhão no meio de uma curva", meu pai dizia cada vez que tinha desastre no pontilhão. Contavam que tinha os dois ficado imprensado dentro das ferragens, quando o carro explodiu queimaram até morrer. Outros contavam história mais apimentada: que a mãe de Câncio gostava mesmo era de um boquete, e que o pai de Câncio não deixava sempre, achava que era coisa de puta, onde já se viu, a mulher-esposa, mãe dos filhos chupar a rola do marido. Mas ela gostava, Idalina, a chupeteira, gostava, vivia insistindo que queria porque queria, e seu Teotônio podia ter moral, sair na procissão com aquele coletão vermelho da banda sinfônica da Irmandade do Sagrado Coração, mas não era avesso, devia de gostar que tocavam música na corneta dele, foi, deixou. Eu não sei como que as pessoa ficam sabendo esses detalhe assim da vida do casal entre as quatro paredes, mas era a história que corria. Um dia, voltando de São Paulo, que eles ia sempre, assistir filme novo, eram loucos por cinema os dois, as filhas, três, já grandes, só Câncio temporão, menino único, caçula, inda nos cueiro, cuidado pelas irmãs, vai, então, voltando um dia os dois da capital, deu na dona Idalina Chupeteira aquela vontade que não conseguiu controlar, seu Teotônio muito satisfeito que tinha visto fita com a Rita Hayworth que ele gostava muitíssimo mesmo sem conseguir dizer o nome da artista direito, vai, ele deixou, e no meio da viagem Idalina Chupeteira mandou ver, mamando no espigão do marido dirigindo lá o carro deles, um Nash verde, parece que era, aquela banheira bonitona que eu inda de leve me recordo, só que na minha lembrança o carro era amarelo na parte de baixo e, de capota, preto. Dona Idalina mandou ver, tragou o charuto todo do marido, seu Teotônio em brasa, gostando, gostando tanto, que quando foram passar no pontilhão ele perdeu a direção, era uma curva difícil mesmo aquela, mandou o carro na parede de pedra, o Nash virou foi que foi uma sanfona, dona Idalina, com o tranco, fechou os dente, mordeu o pingolim dele, rancou na raiz e entalou no gargomilo dela, engasgou-se, morreram os dois, ela sufocada com o membro do marido, ele se esvaindo em sangue pela cabeça de cima que arrebentou no vidro do carro e pela de baixo arrancada a dente pela mulher gulosa. Vá saber. Outro dia, faz um ano dois, passaram aqui na sessão mensal aquele filme americano da mãe enfermeira que tinha um causo assim também. Moral da história: parece que no mundo inteiro não dá certo fazer chupeta dentro de automóvel. Enfim. Nem eu mesmo não sei até que ponto que lembro, até que ponto que inventei essa história. Fato de fato o que sei é que os pais de Câncio, Idalina e Teotônio, nomes que, acho estranho, nunca esqueci, morreram de desastre os dois junto. Câncio criado pelas três irmãs, muito carola as três, cujos nomes não me ficaram na cabeça, não. Uma, a do meio, parece, casou-se, mas não se acertou com o marido, logo voltou a morar com as irmãs donzelas, e quando o marido morreu moço o luto que vestiu e nunca mais tirou garantia o respeito das três. Câncio cresceu com as irmãs que faziam pastel para fora: aniversário, batizado, casamento na cidade sempre tinha pastelzinho delas três. Quando eu ia brincar na casa dele o que mais as três fazia era aproveitar minha presença e enfiar Câncio e eu na banheira cheia dágua. Câncio não tomava banho de jeito nenhum. Pudera, único homem, com tanta mulher na casa, tinha que marcar com o cheiro o espaço dele, mijar nas pernas dos móveis é que não podia. Elas aproveitava quando tinha amigo e forçava ele a tomar banho. Eu gostava até, porque quando a de luto levava Câncio enrolado na toalha para enxugar no quarto, eu ficava no banheiro com uma ou com outra das duas sobrantes, e elas eram cabaço, eram carola e tudo, mas eram chegadas numa rola de menino, fosse uma, fosse outra, brincavam bem, nada de mais sério, nunca vi nenhuma das três nem de sandália, nem de manga curta, imagine!, as três pudica não se via o corpo delas, mas gostavam de ver a piroquinha da gente subir e descascavam um palmito caprichado com a pontinha dos dedo assim, com muita delicadeza. Não que acontecesse nada, não, porque a gente era menino, nem porra inda não tinha, mas era bom, dava uma afliçãozinha gostosa. Aqui, quando toco uma bronha às vez me vem um fantasma às vez da cara de uma delas, uma visagem no perfume de sabonete em banheiro molhado, assim na lembrança, aquela mão branca, delicada, meia de freira, Deus que me perdoe. Ocupadas as três e muito tímidas, não haviam de ir nunca buscar o irmão no Grupo Escolar. Verdade verdadeira é que Câncio vivia meio para o largado, minha mãe tinha pena, queria cuidar dele, mas quem diz que se podia escrever o que dizia minha mãe. Queria num minuto, no minuto seguinte já não lembrava mais do que quisera. Câncio foi entrando já direto, passou por dona Francisquinha, sabia que a coisa ia engrossar na diretoria, que as irmãs, boazinhas-boazinhas, iam aproveitar para descontar os complexo de solteirona tudo em cima dele como sempre que dava alguma merda: croque, puxão de orelha, beliscão, de castigo sem comer os doces que faziam durante um mês ou mais.

Eu. Bom. Ninguém lá foi no Grupo Escolar me buscar, ver se eu estava vivo ou morto, porque não tinha quem ir, não, a bem da verdade acho que nem avisaram na minha casa porque sabiam que não vinha ninguém. Pior que de Câncio, minha condição. Quando estava em casa, o pai o mais das vez estava chapadaço, zureta de cachaça que nem não parava em pé. Não entendo como não foi encontrado nunca na rua caído, dormindo em cima do próprio mijo como todo bêbado que chega no ponto que ele chegou. Se isso acontecera, a vergonha que não ia de ser para a família dele, minha avó Sabina, aquele primor de orgulho, nunca pisou numa cozinha, vô Esmeraldo, vô Aldo chamado, que nunca comeu uma perna de frango com a mão, não tocava comida com os dedos, só pão, que partia no prato, aos pedacinhos, "árbitro da elegância", dizia minha mãe repleta de ironia, seja lá o que isso quer dizer, o lado da família do pai todo muito de nariz empinado, rei na barriga, umas importâncias sem fundamento em gente que não tinham um gato morto para erguer pelo rabo que nem eles, bizarria de pés de barro. Tinha medida no vício, o pai tinha, herdei dele esse traço, é, medida no vício, nunca me arrebento de cheirar, nem com o pico continuei aqui dentro porque, sem falar do preço da heroína, saquei logo que matava, senti na pele, na cabeça por dentro, me piquei meia dúzia de vez, já chega, provei do paraíso, ou do inferno, não dá para dizer, não, heroína é vida concentrada por isso que apressa a morte, acho eu. Já a erva é outra coisa, maconha é macia, molinha, droga mulher, maria-joana chamada por isso mesmo, mulher companheira, não é dama exigente que nem as droga que termina em ína, que pega o indivíduo pelos bago e não larga, tampouco o jererê escraviza com a força macha do álcool, não. Os homens, quando vicia, só vicia em dois tipo de droga: as tranqüilizantes e as excitantes. Eu provei de todas e fiquei com a menina, não recuso uma bagana, um charo bem enrolado em papel de saco de pão, fumaça boa que amolece a dureza do corpo e da alma, e abre tudo quanto é porta com o mundo, fabrica na gente aquela tolerânça de gente santa, que enxerga fundo, mas sem dureza, só aquecendo o coração, sem o fio cortante e frio do crack, da cocaína, da heroína, de outras. De minha mãe puxei a rapidez de cabeça, sem convencimento, no Grupo Escolar e depois no Ginásio diziam que eu era desorganizado, caótico, eles dizia, desconcentrado, dispersivo, esses nomes assim para querer dizer que a minha cabeça era uma bagunça, eu mesmo acreditei um bom tempo que não sabia pensar, mas era porque pensava muito ligeiro demais, quando os outros estava indo com o fubá eu estava voltando com o angu, eles na cana eu na rapadura, não entendiam que eu já tinha entendido e já estava pensando em outra coisa mais adiante, eram lerdos quase sempre, o mais das vez, naquele tempo de Grupo Escolar, de Ginásio até, que bem entrado no Ginásio a turma inda ia na escola só pelo buracão, a ida e a volta quase mais importante do que a escola em si, o trajeto melhor que a partida ou que a chegada. Só dona Francisquinha, bedel do primário, esperta com aqueles olhinho apertado de quem precisa óculos e não usa, olhando por trás dos bracinhos finos cruzados de frio perene, só ela sacava a minha, me quebrou muito galho no Grupo Escolar, pena que não me acompanhou de anjo da guarda os quatro ano de ginásio e três de colegial, completo, que inda fiz ali. Sou estudado.

 De minha mãe a rapidez, do pai o método. Aqui dentro que aprendi que metódico vem de método, metódico é quem tem método, e isso daí eu tenho por força de nascença, não posso evitar nem se quisesse, não sou atrapalhado, não sou, pareço só, para quem não tem olho arguto.

Hum. A gente ia para a escola pelo buracão. Buracão havia diversos: o do Lajedo, bairro novo, de escol, o do Azevedo, onde morava eu paredes-meia com Carmela, primeira xoxota que vi pessoalmente, que apalpei, que cheirei depois no dedo o cheiro ficado, mas isso é já outro assunto, conto outra hora. O do Lajedo, o do Azevedo, tinha o buracão do Além-Ponte que a gente usava menos, por longe que era, muita volta, atrasava para a aula, o do bairro operário de Santa Eulália, melhor de todos, mais variado, as trepadeira por riba das pedras grandes da encosta construindo por si esconderijos bons, aí que achamos o corpo do bebezinho morto, o pobre, e tinha o buracão de dona Crispiniana, mais difícil de todos, dentro da chácara da velha que respondia por esse nome, mulher fera de bigode, viúva, cheia dos filhos, onze, doze, não lembro, desvairados mais que ela, tinham armas na casa e não poucas, gente de briga, rica, mandona, poderosa e desmedida, remotos barões no passado antigo da família, aparentados de longe com a parentada do meu pai que desprezavam por pobres e desmerecedores do nome e da condição.

Buracões muitos, diversos. Havia dia de se fazer trajeto que passava por dois de uma vez, mas cansava por demais. O melhor mesmo, o que todos cinco da turma, e também os chegado que não vinha todo dia, mais gostava era variar de trajeto, cada dia um buracão, sem combinação prévia de antecedência. Ia um passando na casa do outro, trajeto sempre começado por Câncio que morava o mais retirado de todos e pegava Bento Pires, que nunca entendi porque não levavam de carro os pais tão bestas de ricos, seguido de Eliseu, que era casinha de fundos, mais para porão mesmo, pardieiro de sombras, onde vivia seu Martin Sapateiro, dona Carmen, sua mulher, mais a mãe dela, espanhola que cantava lamentoso em dia de festa e dançava bonito batendo os pés, tremelicando tudo as pelanca dos braço erguidos, batendo palma, bem velha já, magra, seca, milenária e linda, linda mesmo, assim entre as pelanca e a renda preta da cabeça, que não aprendeu nunca falar português, nem uma palavra, e os muitos irmãos e primos sem conta tudo numa casa só de dois cômodos, dormindo montoado num quarto só em duas cama de casal, aquele bando de menino tudo enfileirado na largura do colchão, meninos homem numa, meninas mulher na outra, me lembro bem do cheiro dormido daqueles quarto mesmo com o janelão aberto e o sol entrando, cheiro que ficava por vez no cangote de Eliseu sentado na carteira na minha frente. E por último José Arlindo e eu, quase vizinhos, formava o bando do buracão.

A gente ia para a escola pelo buracão e era boa a vida nessas hora. Não tinha briga de irmão, nem discussão de pai e mãe, ramerrão na minha casa, nem orfandade como a de Câncio, nem passado criminoso no além-mar, nem nada nem ninguém que estragasse a irmandade que era aqueles cinco pivetes subindo e descendo as encosta do buracão a caminho da escola todo santo dia.

No buracão do Santa Eulália, o que mais se encontrava, todo dia, era camisinha-de-vênus, que naquele tempo não se via assim de exposição, em revista, em cartaz, na televisão, qualquer um falando disso, não, camisinha era coisa muito reservada, até para se comprar na farmácia esperava-se a hora que não tinha mulher no estabelecimento. Umas vinha amarrada numa bolha de ar, com a porra ali presa inda dentro, boiando na água. Chegava a se embolar cinco, seis camisinhas desenroladas, parecendo umas lombrigas transparentes ondulando assim no ribeirãozinho, um novelo mexente aqui, outro ali, mais outro, quatro, seis. Bento Pires achava que o riozinho passava pelo puteiro, que não ficava longe, podia bem ser. Naquele tempo não tinha aids, mas se usava camisinha, no puteiro sobretudo, por não correr risco de passar doença na esposa. Era costume comum os homens casado, assim como os moço solteiros, se encontrarem no puteiro depois do baile de sábado de um dos clube granfos da cidade, os três clube na mesma praça, um à vista do outro, os três competindo na melhor orquestra, na decoração, coisas que hoje não se pensa mais não, nem em clube se fala mais, vejo na televisão que a vida mudou. A gente, depois, já mocinhos, depois do baile ia também no puteiro, e tinha às vez de esconder um debaixo da mesa, ou sair pelos fundo bem ligeiro quando vinha o próprio pai foder com a profissional do jeito que não fodia com a mulher, era costume geral, e minha mãe, que quando estava daquele jeito dela falava coisas que outras mães calavam, contava vez por outra que ela e outras, amigas dela, parentes, tinha pegado gonorréia do marido. Então, pois, inda hoje acho que Bento Pires tinha razão e as camisinha vinha mesmo do puteiro pelo riachinho do buracão do Santa Eulália. José Arlindo, não sei por quê, vai ver por não ter pai, figurou na cabeça dele que o buracão do Santa Eulália se entupia de camisinha por ser bairro operário, de gente que não tinha dinheiro, ganhava pouco, já tinha os filho que queria, evitava outros metendo só de camisinha. Deu pau, discutimos, e, como sempre, em nenhuma conclusão não chegamos. Discussão do bando era aprendizado de viver, troca de lição, que cada um provinha de um mundo tão muito diferente do outro, muito havia para trocar, não carecia concordar.

Assim foi também quando a gente achou o cadáver da criancinha bebê. Saber mesmo com certeza se era menino ou menina, não subemos nem saberemos nenhum de nós cinco onde estiver hoje cada um. Mais que uns dias não tinha o pobre, enroladinho inda nuns panos, brancos, cor-de-rosa e azul, daí a gente não saber, de nós a maior parte tinha irmão, sabia que roupa de menina é rosa, de menino azul, aquele ali tinha as duas. Inchado, de ficar dentro dágua, claro, devia de estar rolando no regato fazia dois, três, quatro dias, quem sabe, talvez mais, azul, a carinha azul, um pedaço roído de bicho, um olhinho meio fechado, o outro arregalado, sem pálpebra, comida de rato decerto, olhando assim para a gente, cinza-azul, daquela cor de olho de recém-nascido. Os dedinho, a mão parecia que tinham soprado por dentro, pronta para estourar feito bexiguinha de festa, tudo muito branco, sem sangue, vai ver por isso a gente não assustou tanto. Ninguém porém teve coragem de pegar na mão, nojo, medo de micróbio, doença, temor mesmo era do sobrenatural, do fantasminha dele, mexemos, sim, todos, com uns pauzinhos. Eliseu o mais malicioso, que estava sempre pensando indecência, sabia coisa que os outros nós inda não havéra aprendido e chegava mesmo a duvidar, Eliseu queria porque queria era saber o sexo da criança, fincamos todos os pauzinhos assim nos trapinhos do pobre, para firmar bem o defuntinho, enquanto ele tentava e tentava abrir as dobras para ver se tinha pixoxó ou xereca, mas qual, a fralda estava muito amarrada, não presa a alfinete, não, era amarrada e, ensopados, os nós não corriam, inda hoje não sabemos. A bem dizer, nada não sabemos. Se não sabemos da nossa condição de ser humano, quanto mais saber o que se passara, que drama pudera haver por trás daquele bebezinho ali morto no fundo do buracão a céu aberto, desvalido, só, no mais máximo de só que uma criatura pode estar só neste mundo, morto antes de viver, um olho cego já fechado, o outro arregalado, pasmo, os dois olho sem entender nada, que desta vida nada não se entende.

Arre. Eu sabia que abrir a lembrança não ia dar certo, tinha certeza, porque onde se tranca o que há de bom, tranca-se também o mal, é uma gaveta só, dor e prazer as duas pontas da mesma corda que amarra a gente na vida, aí está, chegou.

Nós cinco, tão meninos, cabaço da vida, debruçados por riba dum defuntinho miúdo, resolvendo não o destino futuro dele, que estava selado ali na morte afogada, secreta, sem nome, pagã decerto, mas o de onde viera, o quem pudera ser, o de quem seria filho, porque uma mãe se não quer mesmo o filho que não tirou antes de nascer, tem muita escolha do que fazer com a criança, dar para quem não tem, largar na igreja, vá saber, mas matar assim, jogar no rio, na privada, direto mesmo no buracão, quem sabe, precisa de muita coragem na covardia. Porque se não jogou na hora que nasce, como que consegue jogar depois de conviver dois, três dia, uma semana, depois de dar o peito à criança mamar, como que pode, tirar do seio o próprio filho que acabou de sair das suas entranha e atirar assim no vazio do mundo para morrer? Já no tombo, disse Câncio, ténico, já no tombo deve de morrer, bate a cabeça, é molinha, nem osso inda tem direito, já no baque morre. Eliseu, medroso, muito, a cabeça cheia de monstro, culpas, era de opinião que a mãe tinha matado, esganado bem, com as própria mão, antes de jogar fora. José Arlindo, não esqueço, os dente parecia que cresceram, cabiam inda menos na boca, a sobrancelha emendada franzida num V igual o da mãe dele, o olho raso de água, foi o de mais ternura, uma misericórdia brotada não sei de onde, disse: "como pode uma mãe depois de nove meses pegar uma criatura que é carne da carne dela e jogar assim no lixo?". Memória é mesmo traiçoeira. Como pode menino da idade que a gente tinha, nove, dez anos, dizer uma coisa dessas? Não disse, estou inventando, mentindo sem tencionar. Porém, verdade, disse algo que queria dizer isso, as palavras diferente, outras quem sabe, mas o sentimento esse: que a mulher havéra jogado fora no lixo uma parte de seu corpo mesmo, um fruto de amor, diria José Arlindo se já soubera então o que é isso. O que intrigava José Arlindo, que inda hoje me intriga, é como que se pode com um ato de ódio, ou pelo menos desprezo, se jogar fora um ser vivo, como se pode com um ato de ódio pôr fim a um ato de amor? Porque por menos que se ame, na hora do gozo, no fim do ato, finzinho, algum amor há, nem que seje que seje só naquele segundinho em que se apaga o mundo num abandono que não tem igual nem similar, o prazer do gozo. Como pode o que o seu gozo produz, você com as própria mão eliminar? Não pode.

    Fazer o quê? Ir na polícia denunciar, contar em casa, na escola? Catar, botar numa caixa, entregar na delegacia? Quem diz que os piazito que era os cinco do buracão, nós, foi capaz de resolver? Cada um era de um parecer, um achava isto, outro aquilo, trocamos berros, até umas umbigada teve, mas mesmo a desavença serviu foi para selar a irmandade, ninguém não rompeu com o outro, ninguém não rompeu o segredo-sem-combinar que ficou sendo aquele achado, nunca mais falamos disso, nenhum, até hoje, creio, talvez por primeira vez eu que menciono aqui esse ocorrido, traindo segredo, com uma fumaça de duvidância de que haja o fato ocorrido, a memória é traiçoeira. Porém se não ocorreu, eu sonhei, ou figurei na imaginação, e isso é outra verdade de outro tipo.

A gente ia para a escola pelo buracão. Por ali que a vida da gente passava, aprendendo o aprendizado natural das primeiras vez: fumar talinho seco de chuchu, a fumaça ardida queimando os olhos, depois aprendendo a tragar, a coragem de respirar a fumaça do cigarro de tabaco roubado do pai de um, de outro, a boca salivando muito, o estômago revirando, a garganta arranhando com a fumaça quente, a vaidade dos que galaram primeiro esporrando longe, nós outro olhando, as piroquinhas desabrochando crescentes nas calças, o circo armando, na fraterna comunhão das descoberta da carne, um após o outro, se tornando homens todos, um desvirginamento novo cada dia, seje no sexo ou na vida.

E não sei se foi aí, se foi depois, pode também que haja sido antes que dentro de mim germinava essa consciência do que eu não tinha e não era. E já que comecei a remexer e pinicar a casca dolorida da ferida da memória, que fique a carne viva, a ver se agora, enfim, me cicatriza definitivo essa dor.

De minha mãe, já disse, herdei a rapidez do pensamento. Tal qual ela, não era nem é depressão o que padecemos, não, desculpe, enganam-se, porque é antes de aceleração que se trata, o ir de uma idéia a outra, de um sentimento a outro tão ligeiro, que se visita idéia, pensamento, sentimento, o que seje, de duas três ordem, tipos, natureza diversas. Falei já que do pai herdei o método que me deu um pendor de equilíbrio nesse pipocar da cabeça, mas a mãe, pobre, quando se acelerava muito a cabeça dela e rompia a chorar, aflita, angústia, dizia um, histérica, ofendia outro, depressão, decidia o doutor, entendo hoje a solidão que sentia, era isso que se via no olho dela, uma solitude da mente, do espírito mesmo, por causa que ninguém não acompanhava ela, falando, falando, falando, emendando um assunto no outro, sem trégua nem respiro, adiante, adiante, adiante, e o orgulho de meu pai, das tias todas, de vô Aldo, já mui doente, e de vó Sabina na sua redoma de dama alheia impedindo buscar tratamento, internação, nem mesmo quando a mãe começou a murchar, definhando para dentro daquele mundo dos internos dela, não era loucura, não era, loucura, não. Era, digo, essa aceleração, como se vivera mais ligeiro de que o mundo passava em torno dela.

Privado assim de pai e mãe, era talvez de se pensar que vivi em abandono, espezinhado, puxado para o fundo, mas porém um algo havia que me sustentou a alma e era a admiração declarada da mãe a cada menor coisa boa que eu fazia, e a concordância do pai de que filho deles era especial, diferente dos outro, fadado a grandes coisas, transformador do mundo se quisesse. E quando se foram os dois desta vida, com meses de intervalo, eu, já mocinho, não me acheguei em família, nem em amigos, fiquei em mim e bem, sem herança, sim, sem casa, nada, mas com uma raiz de confiança plantada fundo no peito, de que eu podia. Podia. E poder poderia, não fora o acaso. Ou o destino. Missão quiçá. Quem sabe? Quem saberá? A gente ia para a escola pelo buracão e quando a gente não foi mais, não foi por desmanchar-se o bando aos poucos, um para cada lado, cada um no seu rumo, mas se acabou de repente, sem combinação nem aviso, um dia, sem razão, nem rompimento, um foi por lá, outro por cá, cada qual no seu trajeto de mais conveniência, sem quê nem por quê o buracão olvidado, passado, superado, prenunciando que mesmo na continuação da amizade chegada, irmã mesmo, de fraterna, ia já cada um por e para o seu trajeto, Bento Pires prosseguindo com os gados de leite e corte das fazendas dos pais da mãe, municiadas pelo dinheiro da tecelagem dos pais do pai, há de hoje ser dono de terra mais extensa que país da Europa, José Arlindo, bem falante como a mãe, advogado, causídico, juiz de direito, desembargador, vá saber o que se tornou, quando dele careci, faz o quê? vinte e dois, vinte e três ano, não se conseguiu localizar por inexistença do nome que eu tinha na memória, depois de muito matutar, atinei que ele devia de ter era nome da mãe só, não reconhecido pelo pai, o nome do abandonador só fachada adotada por dona Clo-alguma-coisa para encobrir sua condição, lamento, sim, de fato, mas dele, que podia talvez me valer, já hoje não, mas na hora da minha condena, lamento, sim, não saber mais nem que rasto, nem que fim levou, Eliseu, esse, sim, sei, retornado para a Espanha nativa dos pais na hora que o país começou modernizar-se e abrir-se, Eliseu, o Belo, por nós apelidado, ungido nobre por virtude de casamento, era mesmo de se esperar, filho de sapateiro presumido assassino, pai de príncipe em nome, o pica de ouro, e, por fim, Câncio, parceiro mais fiel, colega, inda aparece vez por outra, faz, se me lembro, quatro ano e meio que aqui esteve, movido por fraterna afeição, verdadeira, Câncio, mestre, douto na ciência como se esperava que eu fora douto nas artes, viajado, vivido, sábio de renome pelo mundo inteiro. E eu.

Crime, atentado contra a vida humana, não tem justificação jamais, não, nem defesa. Não me defendo, mas me privo, se posso, de declinar com as letra todas o qual foi que cometi. Não digo. Basta que se saiba que cometi, e arrependimento não é coisa que se coloca, não, para alguém na minha condição, nem se indaga se eu tinha mesmo tenção de dolo, de praticar o mal, porque é pergunta sem resposta, a culpa inescapável. Mas relativa, acredito.

A gente ia para a escola pelo buracão e o destino que me coube podia ter cabido a outro qualquer, Bento Pires, José Arlindo, Eliseu, Câncio, todos inocentes, todos culpados. De que culpa, cada um há de saber a sua, como eu e o ilustre que me lê, quais inocências também, o mesmo vale. Todos inocentes, todos culpados, a diferença, mas porém de muita monta porque situa uns de um lado, outros de outro, uns no rio da vida, navegando, mesmo que porventura se sossobre às vez, outros na margem. Marginal. O meu destino a mim me coube. Seguiram eles, segui eu, chegamos onde estamos, no que somos, inda seguindo, sempre, trajetos.

Volta às aulas

Lourenço Cazarré

Na noite anterior, a última das férias, brincamos até não poder mais. Corremos feito loucos — pega-pega e esconde-esconde — pelas calçadas, pátios, muros e soleiras da nossa rua, que recendia a dama-da-noite. Deitamos tarde, exaustos, mas o sono demorou a chegar, como em todos os outros anos, como em todas as vésperas do primeiro dia de aula. Não havia acomodação possível na cama, eu me virava de um lado para o outro. Quem seriam os meus colegas naquela escola distante? Como seriam os professores?

Quando veio, por fim, o sono chegou carregado de pesadelos. Num deles, fui impedido de entrar na escola pelo inspetor de disciplina. Quis argumentar que estava uniformizado e que ainda não havia batido o sinal, mas ele apontou para os meus pés. Eu estava calçando uns ridículos sapatos vermelhos. Acordei sobressaltado e fui à cozinha beber água. Despertei outras vezes. Numa delas, conferi os livros e os cadernos novos na pasta porque tinha sonhado que os havia deixado em casa. Em outra, examinei as peças do uniforme.

Mesmo tendo dormido pouco, acordei muito cedo, quando a vermelhidão do dia que nascia se infiltrou por uma falha na veneziana.

Eu ainda estava sentado na cama, meio zonzo, calçando os sapatos, quando a mãe entrou pelo quarto, agitada, enfileirando frases:

— Te apronta, que o café já está na mesa! Mas antes me passa uma água nessa cara remelenta. Te movimenta! Não te atrasa, que eu te deixo de castigo!

O calor da noite ainda não se fora, permanecia entranhado nas paredes da casa. Passei a mão na testa, por baixo do topete, e senti umas gotinhas de suor.

Arrastei-me até o banheiro. Como a água não estava muito fria, tomei coragem e enfiei o pescoço debaixo da torneira. Empapei os cabelos. Por fim, sequei-me com a toalha.

— O leite está esfriando em cima da mesa. Te mexe, guri, deixa de ser mazanza! Acorda duma vez — era a mãe, da porta do banheiro.

Ela sempre ficava aflita com o meu jeito, atordoado, ao despertar.

Quando saí à rua, senti que gotas incômodas desciam do meu cabelo molhado e se enfiavam pelo colarinho da camisa branca. Mais uma vez conferi os pés: felizmente, estava calçando os sapatos pretos regulamentares, lustrosos, e não os do pesadelo.

Depois, comecei a embalar a pesada pasta de couro, carregada de livros e cadernos. Bom era o cheiro de tinta de impressão e de papel que saía dela. A pasta pesava uma barbaridade, mas eu não tinha do que reclamar. Estava orgulhoso de carregar tantos livros grossos, os livros que diferenciavam um ginasiano de um guri de primário. Respirei fundo, levantei o nariz.

Mas logo tive que abandonar a pose. O peso da pasta aumentava de quadra a quadra. E o calor já incomodava. Olhei para o céu. Uma chuva acabaria com o vinco perfeito das minhas calças compridas. Apressei o passo.

De repente, me vi sobre a ponte de pedra, pertinho da usina, e dali já podia avistar a escola lá longe, quadradona, cinzenta. Com seus altos muros e suas incontáveis janelas, era como um castelo de filme de terror.

Naquele primeiro dia, os inspetores de disciplina olharam-nos de cima, com ar de pouco caso, quando entramos. E não se deram nem ao trabalho de responder a nossas ansiosas perguntas sobre a localização das salas de aula e sobre as cadernetas de presença. O que fizeram foi empurrar-nos para o pátio com seus gritos secos e seus gestos duros, como quem espanta um bando de gansos grasnadores.

No pátio, esperavam-nos os veteranos. Na sombra das árvores, cuspindo dentre os dentes; atirados nos bancos de cimento, cara feia; caminhando todos cheios de balaca, queixo alevantado.

Estávamos, três ou quatro dos pequenos, olhando os peixes vermelhos no laguinho, quando eles se aproximaram, sem pressa, se fazendo de sonsos, e, sem uma palavra, nos empurraram.

Por um momento, ainda nos seguramos, uns nos outros, aturdidos, tentando manter o equilíbrio. Para eles, isso era justamente o mais engraçado, porque sabiam que acabaríamos caindo todos, juntos, de cambulhada, como um bando de bêbados na saída de um baile.

Lutei muito para não cair. Já estava molhado até o meio das canelas, mas não queria ir de bunda na água. Eu só pensava na minha calça nova de vinco bem frisado. Não adiantou. O fundo do laguinho, azulejado, estava esverdeado de limo escorregadio.

Então, desabamos, de roldão.

Os peixinhos — mal saídos da tranqüilidade dos meses de férias — procuraram abrigo entre as pedras do meio do lago, enquanto chorávamos e os veteranos gargalhavam.

Mal nos arrastamos para fora, gotejantes, os veteranos já corriam pelo pátio, comemorando com gritos selvagens nosso tombo.

Aquilo era "o batismo". Muitos outros calouros ainda seriam "batizados" naquela água esverdeada, nos primeiros dias de aula.

Nós, as primeiras vítimas do ano, fomos ao banheiro e lá torcemos as meias e as calças empapadas. E despejamos no vaso a água que restara dentro dos sapatos.

Na hora do recreio, foi pior. Os veteranos não empurraram só os que estavam na beira do laguinho, como também arrastaram alguns dos menores, no muque, e os jogaram dentro do tanque de água. E como era da tradição da escola que, no primeiro dia de aula, eles comessem a merenda dos novatos, tomaram sem dó nem piedade o pão com manteiga que as nossas mães haviam preparado com tanto esmero.

Ao meio-dia, quando fomos despejados no calor sufocante da rua, os veteranos já estavam por ali para anunciar a "crisma", que começaria no dia seguinte.

Informaram-nos que "a crisma" consistia em arrancar vassourinhas no campo de futebol, nos canteiros ao lado das oficinas e ao redor da piscina. E acrescentaram detalhes. Disseram que quem sangrasse na palma das mãos seria considerado maricas e teria de atravessar de ponta a ponta o campo de futebol, com as mãos na cintura, rebolando, sob o coro de *ai-ai* dos veteranos. Disseram também que quem tivesse rijas as palmas da mão, e não sangrasse, seria chamado de alemão-colono ou de negro-escravo, isso conforme a cor de sua pele, se branco ou escuro, e teria de atravessar o campo meio encurvado, como se levasse nos ombros uma enxada, sob *êra-boi* dos algozes.

Em casa, minha mãe não quis saber de conversa — porque mulheres não entendem nada dos rituais masculinos de iniciação —, me sacudiu pela orelha e discursou:

— Justamente no primeiro dia, tu me cais dentro d'água, seu molenga! Olha só o que tu fez da tua roupa nova, condenado? Comprada no crediário, um monte de prestação! Por que tu te enfiou na beira do laguinho? Tu nunca viu peixe, pateta? Olha só o estado da tua calça! Dá vontade de chorar! Imagina se tu estivesses usando o teu blusão de banlon!

Mães gostam de frases curtas, contundentes, exclamativas, cuspidas umas em cima das outras, aos gritos. Mães existem mesmo para isso, para xingar a gente.

Bem, mas a verdade é que não houve a "crisma" no segundo dia. No portão, na fila para entrega das cadernetas, notei que os inspetores estavam muito diferentes do dia anterior. Se alguém fazia uma pergunta, não xingavam nem berravam, respondiam usando *por-favor* e *pois-não*.

Boa coisa não era, pensei. Talvez aquela encenação fizesse parte da "crisma", porque os inspetores eram cúmplices dos veteranos. Isso tinha ficado claro no dia anterior, quando eles não haviam impedido que os pequenos fossem jogados no laguinho.

No salão, surpreendeu-me o amontoamento. Todos os veteranos estavam por ali, compenetrados, sérios, falando baixo. Lá longe, por cima da cabeça deles, havia um pano roxo cobrindo uma das grandes janelas envidraçadas que davam para o pátio do recreio.

Fiquei curioso com aquilo, até pensei em olhar mais de perto, mas desisti logo. Por nada no mundo ia me enfiar naquele mar de veteranos. Ergui-me na ponta dos pés e pude ver um grande crucifixo de madeira escura pendurado no pano roxo. Então, senti um cheiro de flores e de velas derretidas. Era como estar numa igreja na época da Páscoa.

De repente, escutei o choro. Um pranto de mulher, entrecortado de gritos. Mulheres choram como bichos, sem pudor. No pranto, mostram tudo aquilo que os homens escondem no silêncio: desespero, revolta e impotência. De quando em quando, o choro se encrespava num grito. Depois, voltava a correr manso como rio de planície.

Eu já estava quase decidido a furar a muralha dos veteranos, quando o padre apareceu. Veio da frente da escola, ladeado por dois inspetores de disciplina. Era muito alto e magro. Passou entre nós lançando olhares furtivos e raivosos, como se temesse uma piadinha naquele momento. Há anos atendia aquela escola e se acostumara ao escárnio dos meninos, mas, naquele dia, seu furioso rosto escaveirado mostrava que não estava para brincadeiras.

O padre passou rápido pela clareira que se abriu entre os veteranos. Foi aí que pude ver o caixão de madeira sobre o estrado de metal e as coroas de flores lá no meio do salão.

O círculo voltou a fechar-se. O choro da mulher explodiu em gritos sucessivos, obscenos quase. Por fim, quando ela se calou, escutamos a voz do padre, anasalada, recitando orações em latim.

Então, eu e alguns dos novatos, os mais curiosos, tomamos coragem e subimos para os bebedouros. Dali pudemos ver o centro do salão.

O menino que estava no caixão, com as mãos cruzadas diante do peito, tinha um rosto de cera. Da cintura para baixo, seu corpo estava coberto pela bandeira branca e azul da escola. Debruçada à cabeceira do caixão, com o rosto escondido sob uma mantilha negra, a mulher chorava. Por trás dela, rodando um boné nas mãos, um homem de barba por fazer parecia incomodado de estar ali.

Num movimento brusco, a mulher ergueu o rosto e a mantilha deslizou-lhe pelos cabelos negros. Encarou o crucifixo e, aí, quis saber de Deus porque, naquele mar de meninos, Ele havia escolhido justamente o seu para levar embora.

O padre fechou o livro.

Senti que não tinha o direito de olhar aquela cena. Desci do bebedouro. Voltei para o meio dos novatos e, imóvel, fiquei escutando o que murmuravam:

— Era da terceira série.

— De bicicleta.

— Depois da aula, ontem de tarde.

— Um carro acelerado...

Naquele dia não houve "crisma", nem na quarta-feira. Mas na quinta, porque éramos jovens, e a morte era algo improvável e longínquo, os veteranos arrastaram-nos para o campo de futebol.

Doutor Getúlio

Luiz Galdino

Meu coração já tem dono. Meu coração já tem dono. Meu coração... Ai que frio! Como ela podia ser tão dura com o coitado do Brezeguello, que a amava tanto? O maestro enfim confessara com máxima clareza o que sua alma havia escondido como devoção velada durante anos a fio. E ela — Ô, frio danado! — Ela teria olhado para ele com ar de comiseração e retrucado num tom que se previa definitivo: Meu coração já tem dono.
— Luís Otávio! Luís Otávio!
— Tavico, o Brezeguello tá falando com você.
Bem que Carlito tentou me avisar. Senti sua cotovelada. Ou foram duas? Eu estava de olho fechado não porque sentisse sono; usava minha força mental para tentar aquecer as pernas peladas, que arrepiavam com o frio de julho. Também para refletir melhor. Meu pensamento vagava longe, distante da sala, no entanto os temas centrais achavam-se ali, na sala de música: seu Brezeguello e dona Altiva. Só atinei com a realidade ao sentir a mão do maestro me sacudindo pelo ombro.
— Luís Otávio!
— Seu Brezeguello, eu... eu...
— Luís Otávio, você estava dormindo em pé! Como é possível uma coisa dessas?

Encolhi os ombros — minhas orelhas estavam geladas — e ele continuou falando alto, nervoso, cuspindo sem alvo definido. No exercício aleatório, acertou um fiapo de saliva pertinho da minha boca. Senti nojo, tive vontade de passar a mão, limpar, mas não podia. Ficaria evidente que a involuntária cusparada me acertara. Então continuei ali, de pé, diante de toda aquela perplexidade, sentindo frio e fazendo de conta que não havia saliva no meu rosto.

— É a segunda vez que chamo sua atenção esta semana. Você nem percebeu quando seus colegas começaram a cantar.

Chamar minha atenção depois de cuspir na minha boca? E não era eu o único que saía em sua defesa, com relação ao louco amor que dedicava à insensível pianista?

— Eu cantei, seu Brezeguello, juro que cantei! Só fechei um pouquinho os olhos por causa da claridade na vidraça da janela. E por causa do frio nas pernas.

Bem que minha mãe quisera fazer calça comprida para o inverno, mas o Barbosão lhe dera o contra, enfaticamente: Afinal, esses garotos são homens ou maricas?

Menti com a obstinação de sempre. O homem puxou-me pelo ombro, conduzindo-me para a primeira fila. E, ali, a situação ficava ainda pior porque um vento frio, gelado, encanava do pátio interno varando pela porta e saindo pela janela da sala, indo se aninhar nas mangueiras proverbiais do pátio de fora.

— Muito bem, seu Luís Otávio... Aqui, a claridade não ofenderá seus olhos sensíveis. Em compensação, você vai cantar sozinho até o ponto em que paramos. Atenção... Dona Altiva, por favor...

O sinal do infeliz maestro combinava um movimento de queixo com um gesto de batuta. Por que chamam de batuta um pauzinho tão insignificante? A pianista voltou-se para a partitura e recomeçou do início, marcando os compassos com o movimento das nádegas magras, que subiam e desciam estabelecendo o ritmo. Se o corpo ia para a frente, batia forte no teclado; na volta, tocando os glúteos na banqueta, o andamento acalmava.

Ao tomar conhecimento da resposta amarga com que ela ferira o sofrido coração do maestro, e sem conseguir assimilar a tristeza do pobre homem expondo suas mazelas pelos corredores silenciosos da escola, pelas ruas desertas da cidade, decidira vingar-me. E, logo, pus em prática o plano, surrupiando, durante o intervalo do recreio, a partitura daquele hino idiota que ela tanto idolatrava.

— Somente três alunos nesta escola seriam capazes de tal ato... — prognosticara ela, movendo imperceptivelmente os lábios finos e roxos de raposa adulta.

Além de mim, o diretor selecionou Lico e Carlito. Colocou-nos lado a lado, sobre o tablado, e ficou nos observando. Como de costume, os olhos vivos jogavam pingue-pongue, saltando de um para outro. Pingue... Pongue... Pingue.

Seu Brezeguello, coitado, ainda tentara:

— Dona Altiva... Por acaso, a senhora não guardou a partitura no armário de material, numa gaveta...

A mulher se esticara toda, crescendo alguns centímetros sobre o homem-rato. E respondera com pouco caso, conferindo de cima para baixo cada detalhe da insignificante figura, que encolhia ameaçando desaparecer.

— O senhor, sim, seu Brezeguello, se equivoca com certa freqüência... eu não! Seria melhor, portanto, que cuidasse da própria vida.

O Barbosão não dera a mínima para a altercação. Continuara na vigília, embora, ao repetir o "Pingue" "Pingue", deixasse claro que chegara a uma conclusão. Passou do pingue-pongue ao gato e rato, mas brincou pouco, saltando de repente sobre a presa:

— Seu Luís Otávio... O que o senhor fez com a partitura de dona Altiva?

— Eu, seu Barbosa?

Essa mania que eu tenho de repetir eu, pai? eu, mãe?, eu, vó?, eu... Seria melhor confessar tudo de uma vez.

— O senhor, sim! Se pegou a partitura, deve ter feito algo com ela. É isso que me preocupa... O que um cabeça-de-vento como o senhor pode ter feito com as partituras de dona Altiva? Não ouso nem pensar!

Eu ficava abismado como é que o diretor acertava sempre. Como podia ter tanta certeza de que a partitura estava comigo. Em questão de desgovernança, eu ficava até em dívida com relação a Lico e Carlito.

— O que fez com a partitura, Luís Otávio? — insistiu.

— Fiz nada não, senhor. Está na minha casa.

— Ainda bem. Vá até lá e traga-a de volta para a escola. Dona Altiva quer vê-la no exato lugar de onde ela desapareceu.

Pena que não tivesse a capacidade de adivinhação do diretor. Se pudesse antever a seqüência dos fatos, não teria devolvido a partitura. Dona Altiva que se danasse. Como é que o peito de uma artista — ela se dizia —

podia conter um coração tão duro a ponto de responder a uma confissão de amor com tamanho menosprezo?

— Seu Luís Otávio, o senhor vai cantar espontaneamente ou terei de chamar o diretor? O que você prefere?

— Eu... Eu canto.

O Brezeguello sinalizou de novo para dona Altiva. Como ele devia sofrer. A pianista voltou-se para o instrumento, reiniciando o hino detestável. E eu esganicei, tentando acompanhar a voz de baixo do maestro.

— Salve o sol do céu da nossa terra, vem surgindo de trás da linda serra... Salve o sol...

Quando minha voz enfim dava sinal de sair com fluência, dona Altiva interrompeu, criticando:

— Seu Brezeguello, isso está horrível! Não é possível que transformem um hino tão vibrante nessa lamentação horrorosa!

O maestro ficou fitando de boca aberta o objeto inatingível da sua veneração. Nem a repreenda conseguia apagar o brilho que enchia os seus olhos, nas raras oportunidades em que ela se dignava a dirigir-lhe a palavra. Ainda que as palavras tivessem a função de admoestá-lo.

— Vamos recomeçar do princípio — propôs ele, solícito. — Tenho certeza de que agora o Luís Otávio vai colaborar.

Como ele prometesse e seguisse me interrogando calado, fiz que sim com a cabeça, numa leve aquiescência, como o padre costumava fazer com o sacristão nas missas de domingo, para dizer que bastava, estava bem. No íntimo, sentia-me revoltado porque o Brezeguello não conseguia dialogar com ela em pé de igualdade, muito menos colocar a amada no devido lugar. Diabos! Seria mesmo necessária tanta submissão para demonstrar o tamanho da paixão que sentia por ela? Duvido!

A Altiva vai pro convento!

Uma vizinha enxerida ouviu o galo cantar, não soube dizer onde. Abordou minha mãe pouco antes do jantar para gastar a língua com o que não lhe dizia respeito. De onde fora tirar uma história mais sem pé nem cabeça? E, no entanto, muitos descortinaram lógica na conclusão bizarra. Altiva não havia respondido que seu coração já tinha dono? Ora, se não tinha e nunca tivera namorado, como podia? Entretanto, considerando que freqüentava missa, que tocava órgão na matriz e puxava o saco do padre, ficava muito claro: seu coração pertencia ao amado Jesus.

— Pela última vez, Brezeguello... Ou esse menino canta ou eu vou chamar o diretor! — rebelou-se a instrumentista, fazendo o banco girar antes de se levantar.

— Qual é o problema, dona Altiva... Quem é que não quer cantar? — perguntou o próprio, com seu inconfundível vozeirão invadindo a sala de canto.

— O Luís Otávio não conseguiu decorar a letra do hino — socorreu o maestro surpreso com a presença. — Mas ele está melhorando.

O diretor me fixou os olhos, como se visse um velho conhecido. Minha impressão é de que ele não consegue coadunar como é que meus pais podem ter um filho como eu. Baixei a cabeça, fixei os olhos no ladrilho colorido, mas adivinhei que ele conferia meu uniforme. A camisa branca e a calça azul-marinho bem passadas. Os sapatos engraxados e as meias brancas limpas. E as pernas roxas de frio.

— Seu Luís Otávio, levante a cabeça e vamos cantar. Enquanto falava, o homenzarrão veio se colocar ao meu lado. No entanto, bastou que o Brezeguello levantasse a batuta para ele interromper:

— Só um minuto, Brezeguello, o Luís Otávio vai cantar lá na frente. Sobre o praticável de madeira... Agora, bote a mão direita sobre o coração... Isso! Pode começar, dona Altiva.

Ela nem disfarçou a satisfação de me ver no lugar de destaque, com a mão no peito, pronto para me transformar no motivo de zombaria da turma, no próximo intervalo. Inspirei fundo e expirei o ar do peito que se transformou numa névoa quente. A danada sentia-se inatingível. Com razão. Imagine o que não diriam se eu afirmasse que a vira de pé sobre a mesa, examinando o retrato do presidente.

O maestro contou e recomeçou:

— Um, dois, três, quatro. Um, dois... Salve o sol do céu da nossa terra...

Ao final, o homenzarrão de manoplas impressionantes fixou-me novamente. Desta vez, porém, contrariando minha expectativa, ele cumprimentou:

— Você canta muito bem, Luís Otávio... Só precisa praticar um pouco mais.

— Obrigado.

O Barbosão olhou então para a parede, corrigindo o foco para um ponto acima da lousa, onde a retirada de um quadro deixara a marca em negativo gravada contra a poeira do tempo. E comentou com estudada empostação:

— Quer dizer que o mistério continua?

— Ninguém sabe dizer que fim levou o retrato, seu Barbosa. Num dia, estava aí; no outro, havia sumido — considerou o Brezeguello, como se ninguém conhecesse o enredo.

— E você, Luís Otávio, não tem idéia de onde possa estar o retrato do presidente?

Em vez de responder, olhei para dona Altiva. Ela sustentou o olhar e dirigiu-se ao diretor:

— Eu não consigo me acostumar, seu Barbosa. Desde que tiraram o retrato daí, é como se faltasse alguma coisa.

— Claro! — devolveu o homem. — Falta o retrato!

— Sinto tanta falta. Pena que desta vez o senhor não descobriu o autor do roubo.

— Aí é que a senhora se engana, dona Altiva. Eu sei quem tirou o retrato da parede.

— Sabe?

A mulher, tomada pela surpresa, interrogou e virou-se automaticamente na minha direção. Alguns colegas fizeram coro ao seu gesto; outros continuaram soprando o ar quente dos pulmões na ponta dos dedos gélidos. Num segundo movimento, ela tornou ao diretor:

— Não estou entendendo... Da outra vez, o senhor mandou o responsável ir buscar a partitura em casa.

Como ela voltasse a me olhar de maneira insinuante, o Barbosão falou como se decretasse. E me surpreendeu com o decreto.

— O Tavico não tem nada a ver com o sumiço do quadro.

— Não? Então quem...

— Eu poderia dizer o nome, dona Altiva. No entanto, prefiro aguardar até amanhã, quando vence o prazo que estipulei para a devolução da peça.

Ela mexeu os ombros magros e interrogou:

— Continuo sem entender... Se o senhor conhece o autor, por que esperar até amanhã para revelar a identidade?

— Quero ver se o autor repõe o objeto no lugar ou se persiste na determinação de incriminar um inocente.

Desta vez, os olhos da pianista foram se plantar na figura passiva do maestro. De novo, o gesto foi seguido por outros entre os presentes. Alguns por certo imaginavam que ela acusava. Não era segredo pra ninguém que o Brezeguello tratava o presidente de ditador e lhe devotava um desprezo somente comparável em convicção à paixão que dedicava à pianista.

Quando o Barbosão se retirou, os jovens de mãos no peito entoavam o hino numa exaltação emocionada. O maestro marcava os compassos, cortando o ar com exímia competência. E embora nunca demonstrasse entusiasmo pela música símbolo daqueles dias difíceis para a pátria, naquela manhã, seu semblante denunciava uma especial preocupação.

Ao meio-dia, quando a saída dos alunos movimentava a praça fronteiriça à escola, o Brezeguello acelerou os passos, correu até alcançar a amada diante da matriz de São João Batista. E eu que não perdia cena daquele romance impossível, que sofria com seu protagonista, me coloquei em posição de estratégia que me permitisse ouvir.

— Altiva!... Altiva!... — chamou ele, resfolegando.

— Outra vez, Brezeguello? Já lhe disse que não temos o que falar, que meu coração tem dono. Se insistir em me assediar, vou comunicar ao diretor.

— É disso que eu quero falar, Altiva. O Barbosão tá sabendo de tudo. Se não devolver o retrato, nem sei o que pode acontecer.

— Devolver o retrato? Eu... eu... — A indecisão durou um átimo. — Eu amo o doutor Getúlio. E ninguém vai tirá-lo do meu quarto. Ninguém!

Velho papo de e-mails e confidências

Márcia Kupstas

Foi madrugada. Uma noite danada de quente. No quarto, o ventilador esfriando um pouco meu corpo, seu motor rodava pra lá e pra cá e o gato persa rondava em torno de minha cama de casal e do vento que saía do aparelho. Por volta de cinco da manhã, acordei. Em meio a um sonho besta (todos os sonhos não são meio bestas?) em que me via circulando numa casa labiríntica e havia tantas portas e corredores e escadas circulares que era possível acordar tonta...

O calor continuava sufocante mesmo com o ventilador ligado. Saí da cama, encarando o vazio de meu colchão de casal, ambos os travesseiros usados apenas por mim.

Saí do quarto, peguei água gelada na cozinha e fui até o quintal, onde a garoa matutina não conseguira esfriar nada, o ar abafado, a penumbra da madrugada me fazendo ver as coisas semiclaras, o escritório onde deixo o computador me atraindo com a possibilidade de anonimato e velhas histórias.

Fiz a pesquisa por nome, sem pensar muito a respeito. Tomei longo gole de água gelada e me gelou o coração quando li o resultado da pesquisa, com o e-mail *dele*. Um *ele* saindo da mesma névoa, só que em vez da madrugada, névoa do tempo que nos dilui a adolescência e às vezes nos faz recordar.

Então antes de qualquer tentativa de mensagem, longamente redigi o texto. Quem sabe haveria coragem de colocar em anexo e enviar...

Ando mal de sexo. E é estranho, quando quem diz isso teve quatro casos diferentes em dez dias. Mas é a pura verdade (verdade é pura?). Ando mal, culpada. Melhor: insossa. Sexo tem adquirido esse tipo de contorno ultimamente: insosso.

Faço trinta anos daqui a dois meses. Ah, já sei! Todos os psicologizantes manuais de terapia dão a minha solução: é o mal balzaquiano, é o ultrapassar o limite da juventude. Será? Nunca me senti jovem. Desde os quinze/dezesseis anos eu já era estrangeira entre adolescentes. Todos faziam as besteiras da idade, mas eu caçava o vazio debaixo da alegria. Alegria falsa? Não, não é bem isso. Ar-ti-fi-ci-al, fabricada.

Gozado mandar esse e-mail pra você (principalmente porque você talvez nem se lembre de mim). Poderia me justificar dizendo que a noite está quente pra diabo e estou sozinha em casa. Aliás, há muito tempo estou sozinha em casa...

Será numa noite igual a essa que eu vou me matar. Madrugada, em meio à FM me transmitindo otimismo, eu bebo a dose de vinho com os vinte comprimidos de tranqüilizantes. Será que vem apenas sono? Sem dor, sem remorso, um sono finalmente livre de angústias? Se a gente pudesse ter certeza.

Mas que registro estranho! Você, se ler isso, vai me chamar de louca. Talvez. Principalmente porque não pretendo reler o que escrevi. Se tiver a coragem de enviar, anexo ao seu endereço e tchau.
Não, não vou me matar. Acalme-se. Pelo menos não hoje. Hoje eu comemoro minha solidão. Por que as mulheres solteiras, de trinta anos, profissionalmente realizadas, são as que mais vivem na fossa?
Não me venha com respostas de manual. Eu poderia lhe responder com quilos de sociologia. (Foi no que me formei. Lembra das aulas? Você costumava gozar da minha "mania" de arrumação. Agora fiquei especialista nessa arte de enciclopédia, de ler e resumir o que doutores já falaram.)
Ando mal de sexo, falo de novo. E você pode me perguntar: o que EU tenho com isso? Provavelmente você esteja rindo desse anexo louco, rompendo doze anos de distância.
Como você está, Augusto? Você era solene. Você era o seu próprio nome, eu lembro. Uma figura que se estamparia em moedas: loiro, o cabelo grosso e cobrindo a testa. O nariz comprido, que você tentava disfarçar com um quase-bigode. E os olhos. Adoro reparar nos olhos dos outros. Talvez porque os meus sejam comuns, escuros olhos redondos de filha de portugueses. Você exibia o brilho dos seus, azulados e sérios. (Sérios? Não... você ria pelos olhos. Eles brincavam com a gente.)
Você foi meu amigo, numa época. Talvez numa época em que realmente éramos amigos uns dos outros ou mais que isso.
Sabe do que fui lembrar agora? De um velho fusca, que você comprou quando estávamos no 2º colegial (hoje

os nomes mudaram tanto, nem sei, ainda se fala colegial?) e naquela época você namorava a Nandinha, lembra dela? Não vai me dizer que casou com ela! Tenho certeza que não. Ela era idiota demais, cheia de boa menina e cara de santa. Duvido que Nandinha, com aquela franja e camisa abotoada até em cima, desse pra você. Que isso! E, há doze anos, as meninas da nossa escola não costumavam ter intimidade. Pelo menos naquela cidadezinha boba em que vivíamos...

E por lembrar, Augusto, lembra da festa do Giordano? Aliás, lembra do Giordano? Naquela festa tomei um porre. Eu era apenas mais uma colega sua, da classe, e você agiu como um irmão. Primeiro, me separando de um crápula (crápula!!!!! Palavrinha mais escrota eu fui usar) que me incentivava no álcool pra... crau! Virar lobo: é pra comeeeeeeeeer, como diria o Lobo Mau pra Chapeuzinho Vermelho. Eu já não era Chapeuzinho, mesmo naquela época. Mas também não tinha virado o Lobo Mau, como agora. Era apenas e exclusivamente tonta. E você virou o herói e caçador: se colocou entre mim e o cara. Depois, sugeriu que Nandinha ajudasse, fomos as mulheres até o banheiro. Vomitei bravo, e fiquei tão branca que você se ofereceu pra dar carona. Coisa boba, porque eu vinha pálida e infeliz, mas via que você me olhava as pernas, me secava o seio escapando da blusa. Nandinha deve ter quebrado o pau com você, naquele dia. Ela estava com uma cara terrível, e eu sei como as mulheres são quando ficam magoadas.

Augusto. Você não era bom aluno, eu me lembro. Nem eu. Acho que nenhum de nós levava a sério aquilo que nos impunham. Eram besteiras, sem dúvida. De vez em quando, aparecia alguma coisa. Lembra da aula de literatura, quando cada equipe apresentou um trabalho? Minha equipe fez LUCÍOLA. Eu fui a própria, a prostituta inteligente, e "carreguei" na maquiagem e no complexo. Seus olhos brilhavam, sentado na terceira carteira, quando eu entrei com o vestido de debutante da minha irmã e rímel me fazendo pesar o olho, como se andasse chapada de ópio... vi as fotos depois. Não estava mal, apesar dos olhos. Mas daquela apresentação, eu me lembro bem de você. Da sua risada, que marcava a bochecha com uma covinha. Do jeito de você me olhar. E o seu jeito de ficar corado. Nunca vi homens que ficassem vermelhos, na minha memória você é único nesta difícil técnica de ficar vermelho...

E teve outro dia, no cinema. Quando, no terceiro colegial, eu já estava namorando o Francisco, e a escola lotou o cine Maranduba para ver sei lá o quê, era uma coisa beneficente. O Francisco tinha um carrão, importado, do pai dele, e era o máximo. Era um ejaculador precoce e exibido. Mas todas as garotas iam atrás dele e eu precisava tanto me afirmar. Ser sedutora. Você e a Nandinha se sentaram do nosso lado. Naquela confusão de senta-não-senta, fiquei do seu lado na sessão. Sua coxa encostou na minha umas quatro ou cinco vezes, e parecia que uma descarga elétrica corria por nós dois. Você puxava a perna, voltava a prestar atenção... talvez só nós dois soubéssemos daquele pequeno segredo, Augusto. Talvez. Mas a gente se olhou (de novo, os olhos) na saída. E cada um, abraçado a seu "dono"; mas se fôssemos bichos, nós arrebentaríamos as coleiras e iríamos nos cheirar, lamber e trepar na esquina de baixo.

Será que você casou? Engordou muito? Meio cheinho você era. Apesar de que a barriga andava reta, naquela época. Ombros largos, pernas gostosamente grossas. Sabe que eu sempre achei suas pernas lindas? Adorava assistir jogo do colégio, quando podia olhar à vontade as suas coxas. Ah, Augusto, quanta bobeira estou escrevendo. Talvez hoje você seja um trintão barrigudo, com três ou quatro filhos em volta, uma esposa idiota pior que a Nandinha e um comércio (seu pai era dono de lanchonete ou padaria? Algo assim). E eu seja apenas uma histérica, que descobriu numa pesquisa de Internet o apirotello@ e arriscou no seu sobrenome incomum... é provável que uma tirânica esposa saiba sua senha e ainda me descubra, com esse anexo louco, carta da madrugada, e ela arme uma cena æsobre seus encontros com uma "ela"... não sou "ela", dona senhora Pirotello. Gostaria de ter sido, caso a senhora se antecipe na leitura. Porque hoje sou apenas uma mulher que anda mal. Mal de sexo, numa noite de verão. Mal de orgasmo, mal de vida. Ando feia. É verdade. Já tive um corpo bonitão. Bebo muito, como mal. Magra e balofa, com a pele descuidada.

    Tenho belos cabelos. Desde os tempos do colégio, lembra, Augusto? Teve uma moda de se fazer o cabelo escovado, bem cheio mesmo. Nunca precisei disso. Sou generosa de pêlos. Bons cílios. Mas gostaria de ser mais bonita. Mais feliz. Gostaria de tantas coisas.

    Não vou me matar, Augusto. Sossegue. Prometi que não iria reler o que escrevi, mas acabei revisando este texto. Parece quase suicida, mas nada disso. Chegarei aos 50, 60 anos. Chegaremos. Talvez você, no meio de filhos e netos, fale "papai já foi um baita macho... recebi um

dia uma mensagem de uma fulana... poxa, vocês nem imaginam"...
 Se isso acontecer, desculpe. Errei de Pirotello, errei de e-mail. Lembro de um rapaz gentil. Muito gentil, mais que isso. Havia eletricidade e tesão entre a gente. Talvez, naquela época, você me achasse liberal demais como acompanhante. E eu te achasse parado demais. Procuramos coisas opostas. Hoje, sei lá.
 O negócio é o seguinte, senhor Augusto. Não sei mesmo se tem uma esposa. Filhos. Cachorro. Se tiver tudo isso e estiver contente, apague minha mensagem e comente durante meses a ousadia de uma doida: caçando nome por Internet e caçando um colega de escola para falar de solidão e de si mesma. Se isso não acontece. Bem. Sou eu. Sou eu, Virgínia Alcântara, virgal@bil.com.br, quase trinta anos, mal, muito mal nesta noite de verão de dezembro. Triste. Cheia de ter transas sem tesão. E que, numa noite qualquer, entre praticar suicídio ou ligar pro CVV ou lembrar de um moço que me atraía, resolveu escrever.
 E que se lembra. É gozado isso, mas é mais nítido na minha imaginação o jeito com que você me olhava na classe do que lembrar do sexo do cara que dormiu comigo anteontem. Piada? Verdade. O sexo se automatiza, meu homem provinciano. Adoraria achá-lo provinciano. Ficando vermelho com o que escrevi aqui. Sorrindo com as covinhas que se faziam, com os olhos brilhando. Por favor, continue provinciano, me salvando dos crápulas de festinhas, essa mistura de irmão com libido. Espero que você não se tenha destruído. Porque eu andei me destruindo. E agora não sei onde achar os cacos. Fui me lembrar

— *de repente* — *de você. Um Augusto como era, há doze anos. Quem sabe eu te encontro solteiro e maravilhoso, e eu, louca pra desvirginar aquela sua capacidade de ficar corado.*
Tudo isso é muito doido? É sim. Vou anexar este arquivo e mandar a mensagem agora. Pode ser que apirotello@ seja outro, que vai rir muito da confusão de nomes. Pode ser que seja você mesmo e tenha apenas vaga lembrança de mim. De qualquer modo, é o tipo da loucura que se faz sem pensar muito. Desenterrar o passado é mais difícil do que desenterrar uma cidade pré-histórica, são toneladas de uma terra fedorenta e cheia de restos de corpos. E o pior é descobrir que debaixo de tanta lama pode existir outra coisa. Um medo enorme de que se ache uma coisa chamada amor.
Por que sabe? Sabe mesmo?
De repente, pode ser.

Um gosto de acarajé

Marcos Santarrita

Uma semana antes, ele também acordara chorando no meio da noite, como agora. Também então custara muito a adormecer, pensando na miséria que era a sua vida: dali a uma semana, ia pegar um ônibus para Jequié de manhã, viajar o dia inteiro, e depois, na manhã seguinte, um trem para Jaguaquara, para o internato, no sertão da Bahia. Em pleno janeiro, teria de interromper as férias para fazer exames de segunda época.

Não era isso, porém, que o deixava infeliz naquela noite, uma semana antes; era que, antes de pegar no sono, ficara vendo e revendo na mente, no escuro do quarto, a cidadezinha, sobretudo a ladeira encimada pela pequena igreja católica, que levava à parte alta, a Muritiba, e aquela imagem lhe causara um desespero que logo virou pânico, sem que ele soubesse exatamente por quê.

Não queria, não queria voltar para lá; de repente, a cidade em si, e não apenas o internato, parecia-lhe uma coisa horrível, um lugar de castigo, uma prisão, que lhe causava um medo louco. Louco, sim, porque jamais se sentira particularmente infeliz lá, nem mesmo no colégio; cidadezinha por cidadezinha, Jaguaquara não era melhor nem pior que a sua, Itajuípe. Não queria voltar, não queria, mas não tinha controle sobre sua vida; tinha de fazer o que a terrível D. Ida, sua mãe, mandava.

E despertara aos prantos no meio da noite, tão descontrolado que acordara os pais. Julgando que ele sentia alguma dor, que era algum mal súbito, eles haviam ficado muito preocupados, fazendo-lhe muitas perguntas. Ele apenas conseguia dizer que não era dor, não era isso. Que era então? Como dizer, se ele mesmo não entendia? Dizia apenas que não queria, não queria voltar para o internato.

Aliviado, o pai lembrara-lhe que nem tudo era tão ruim assim. Itajuípe já tinha seu ginásio; apenas, como fora fundado há dois anos, só havia cursos até a segunda série. Se ele fosse aprovado na segunda época, iria para a terceira e não poderia estudar ali. Agora, se perdesse... Era praticamente um convite para que perdesse o ano. Não devia ser indiferente ao pai a economia que faria com isso; o internato não custava nada barato.

Ele achava então que tinha condições de passar, embora com muito esforço e sorte, e não queria repetir a série; agora, uma semana depois, não queria de jeito algum. Era um infeliz, um desgraçado completo. Com quase doze anos, não podia nem ir à Rua do Cacau, a rua das putas em Itajuípe, e tinha de sofrer a humilhação de ficar ouvindo os meninos maiores, nem tão maiores assim, gabar-se do que lá haviam feito com essa ou aquela mulher, louvando ou criticando, com detalhes enlouquecedores, os dotes físicos e as habilidades de cada uma delas. Nunca, nunca ia chegar aos treze, quatorze anos, quando poderia se habilitar.

Não que fosse mais donzelo — ah, isso, não —, mas a Nininha Rabicó, com apenas um ano mais que ele, dificilmente contava; afinal, quem ia gabar-se de haver comido a empregada, e ainda por cima uma menina igual a ele? No máximo podia contar, como prova de que já perdera o cabaço. E, de qualquer forma, fora só uma vez, e não tão boa assim. Não, nada boa, de fato; um horror.

Fora apenas três dias atrás. De repente, tomara-se de interesse pela menina escura, mestiça sobretudo de negro e índio, dos índios de Camacã, cabelos ondulados e traços finos, que viera da roça do pai dele trabalhar em sua casa. Antipatizara-se desde o princípio; mais velha, tratava-o com brusquidão, era desaforada, e na hora da briga exibia uma força e uma valentia que o acovardavam e o faziam temê-la quase tanto quanto aos brigões da rua e do colégio. Fora ele quem lhe pusera o apelido, que ela detestava, de Rabicó, por causa do rabicho que usava na nuca: a selvagenzinha caía de tapa em cima dele quando assim a chamava. Não, decididamente não gostava da moleca; se pudesse, expulsava-a de casa; mas nem para isso tinha poder.

Não se atrevia a tomar liberdades com ela, como fazia com as empregadas anteriores: levantar-lhes a saia quando estavam distraídas, esfregar-se nelas, apalpá-las, espiá-las no banho. Na verdade, chegara a tentar umas poucas vezes, mas ela reagira com a selvageria de sempre, repelindo-o e dizendo com desprezo:

— Mas você num se assunta, não?

E ameaçara denunciá-lo à sua mãe, o que, em vista da natureza violenta de D. Ida, poderia ter conseqüências imprevisíveis.

No entanto, naquela noite, três dias atrás, ela não se ofendera com o convite disfarçado que ele, não sabia como, conseguira fazer; não ameaçara, não brigara, não resistira muito; instintivamente, soubera o que ele queria, e embora dissesse não, o fizera com um sorriso meio acanhado, meio matreiro, que o encorajara mais, e acabara deixando-se levar, com alguma relutância, para o quarto dele.

Parecera coisa combinada: era cedo ainda, umas sete horas da noite, e D. Ida fora ao distante subúrbio das Pitangueiras, saber por que a lavadeira não trouxera a roupa; os dois haviam ficado sozinhos em casa. Normalmente, nem se falariam; mas então, por aquela aparente combinação, acontecera. Ela fora não apenas dócil, mas colaboradora e até mesmo, diante da ignorância dele, instrutora; parecia ter experiência. Quando ele, parecendo que ia estourar de tanto inchaço, lhe pedira que se virasse de bruços, única forma que conhecia, das safadezas com outros meninos, ela se indignara.

— O quê, sinhô? Mas você num se assunta, não? Atrás, não, sinhô; só na frente. — Sem saber o que fazer, ele se deitara logo por cima dela, que reclamara, num sussurro: — Mas você num sabe nada mêrmo, num é? Primeiro tem de vadiá um pouquim. Aí, ói. — E, tendo-os forçado para fora do decote do vestido, oferecia-lhe os minúsculos peitinhos com as mãos. — Tem de pegar neles, alisar. Assim, ói, no biquinho. — Guiava as mãos dele. — Ai, ai, assim, assim. Tá sentindo? É bom? Agora chupe eles, chupe. Que foi? Tá cum nojo? Vamo, chupe — quase gritara.

— Fale baixo — ele pedira num falsete abafado. — Daqui a pouco os vizinhos vão ouvir.

Moravam numa casa isolada na rua, e a probabilidade de algum vizinho até mesmo desconfiar de alguma coisa era a mais remota possível; mas ele sabia que fazia uma coisa errada, talvez mesmo um crime, e esse elemento de perigo o deixava mais atordoado, mais inseguro.

— Chupe — ela sussurrara, oferecendo-lhe os seios.

— Não, não; isso não — ele protestara.

De joelhos entre as pernas dela, os olhos baixos no compacto triângulo de aveludada penugem para não ver os botõezinhos, não apenas sentia nojo de enfiar na boca aquelas negras chupetas de carne, bem mais escuras que os minúsculos caroços que mal se diferençavam dos seus próprios, como achava que ela procurava ridicularizá-lo, insinuando que era um neném de peito.

— Chupe logo, seu corno frouxo — ela dissera então, num sussurro forte. — É assim que a gente faz. Se num chupá, eu num dou.

— Não, senhora — ele resistira, mas já fraquejando. — Não tem coisa que você diz que não faz? Pois. Essa eu não faço. E, depois, a gente precisa acabar logo; daqui a pouco mãe chega, e se pegar a gente assim...

— Seu corno frouxo — ela dissera; baixara a saia e tentara passar a perna por cima da cabeça dele, para deixar a cama.

— Tá bom, tá bom — ele consentira então, mais humilhado ainda.

Abocanhara um dos pequenos pomos e sugara-o durante algum tempo, sentindo o gosto salgado e o cheiro da pele negra, que lhe lembraram nauseantemente um acarajé. Não sentira nada — além do nojo, claro, que a associação com a comida só fizera aumentar —, mas ela se derretia em gemidos de prazer; logo, talvez não fosse zombaria, concluíra, o nojo transformando-se em despeito, e o despeito em raiva. Ela, ao contrário, beijava-o, acariciava-o, o que a tornava mais repelente.

— Agora o outro, agora o outro — ela pedira, ofegante, puxando sua cabeça para o outro peito.

— Não, agora já chega. Vamos logo. Daqui a pouco mãe tá aí.

E estendera-se sobre ela, tentando encontrar com estocadas, sem as mãos, o seu destino.

— Aí, não, sinhô; aí é a minha barriga, num tem buraco. Embaixo. É embaixo, você num sabia? Mas é um besta mêrmo.

Com a mão, orientara-o para o lugar certo, que ele penetrara com a fúria de quem enterra uma peixeira.

E então viera o grito; grito mesmo, não gemido alto de prazer. Um berro que, para quem sabia estar fazendo escondido uma coisa errada, feia, o deixara apavorado, temendo que os vizinhos tivessem ouvido e viessem ver o que era.

— Que foi? Que foi? — perguntara, quando conseguira falar. — Quer que eu pare? Quer que eu tire?

— Não, não; num foi nada, não. Num tire, não; num pare, num pare — ela suplicava, corcoveando como uma potra não domada.

Daí para diante, fora rápido, e na hora do gozo o que ele sentira fora uma sensação estranha, meio agradável, meio desagradável, como alguém que se houvesse empanturrado de alguma comida de gosto forte — acarajé — e sentisse espuma na boca, vontade de vomitar.

Mas ainda não acabara. Ao se levantarem, novamente inimigos — se é que em algum momento haviam deixado de sê-lo —, ele percebera no lençol de sua cama pequenas manchas de sangue. Sem ter idéia de onde poderiam ter vindo, começara a examinar-se, revirando intrigado a rola de um lado para outro, em busca de algum corte, algum ferimento.

— É meu — ela dissera então.
— Mas como? Eu feri você? Isso é sério assim?
— Mas que corno mais besta — ela dissera, com acrescido desdém. — Você num sabe de nada mêrmo. Isso aí é o sangue do meu selo. Eu era moça; agora num sou mais. Você me deflorô.

E, alisando o vestido sobre as coxas, deixara-o atarantado à fraca luz do quarto, pensando em como explicar aquelas manchas de sangue em seu lençol.

— Ei, espere! — ele gritara, ainda em sussurro. — Que é que eu faço com esse sangue? Mãe vai ver.

Ela parara na porta, olhando as manchas, pensativa. Ele quase pulava de agonia; a qualquer hora D. Ida chegaria, e iria descobrir tudo. Talvez o obrigassem a casar-se com Nininha Rabicó.

— Já sei — ela dissera então, depois de um tempo que parecera uma eternidade. — Cadê sua caneta.
— Caneta?
— Cadê, sinhô? Num discuta.

Ele pegara a caneta-tinteiro na gaveta em cima de sua mesa de estudos e entregara-a a ela, que não a recebera.

— Não, você mêrmo, que eu num sei usá esses troço. Pingue uma gota de tinta nas mancha. Tinta, você pode explicar; sangue, não.

E fora-se. E ele o fizera.

A surpresa maior, porém, viera no dia seguinte, quando ela, ao contrário de hostilizá-lo como sempre, passara a dirigir-lhe olhares lânguidos, palavras carinhosas, como se fossem namorados. Aí mesmo fora que a repulsa dele aumentara. E naquela noite, de novo como coisa combinada, D. Ida se preparara para deixá-los outra vez sozinhos. Ele entrara em pânico; chorara, berrara que não queria, não queria ficar sozinho com ela. A mãe, intrigada, não entendia. Que era? Tinha medo da menina? Ela lhe batia? Por que aquele escândalo? De longe, Nininha olhava-o assustada, e sua expressão não prometia nada de bom quando ficassem a sós. D. Ida acabara por sair, e ele trancara-se no quarto.

E agora, uma semana depois, voltava a despertar chorando, mas por um motivo exatamente oposto. Agora sabia que ia perder o ano, e teria de voltar para casa e conviver com Nininha Rabicó.

Nos anos a.I.
(antes da Internet)

Moacyr Scliar

Outro dia, numa escola, um dos alunos me perguntou como é que as pessoas se comunicavam quando não existia Internet — isto é, na pré-história. Eu expliquei que já havia outros meios rudimentares de comunicação, tais como a carta e até mesmo o telefone. Não sei se o garoto ficou satisfeito com a resposta; mas a verdade é que a pergunta dele me fez lembrar uma curiosa história, acontecida com um colega meu. Antes da Internet, obviamente.

O colégio em que estudávamos tinha sido, por muito tempo, um estabelecimento exclusivamente masculino. Por fim, e depois de anos de discussão, a direção resolveu admitir alunas, mas com uma condição: as turmas não seriam mistas. Rapazes de manhã, garotas à tarde. Não sei exatamente o que temiam, que fantasias povoavam a cabeça daquelas pessoas; mas deveria ser algo muito alarmante porque, apesar dos protestos do grêmio estudantil, não arredaram pé da decisão. E, assim, as meninas foram finalmente admitidas, mas nunca viam os seus colegas do sexo oposto.

Eu tinha um colega chamado Paulo. Um garoto magrinho, de óculos, tímido e estudioso, tão tímido quanto estudioso. Ele falava muito pouco, mas tinha uma qualidade: escrevia bem. A professora de português não poupava elogios às redações que ele fazia. E, quando o elogiava, Paulo ficava vermelho, embaraçado, tamanha era sua timidez.

Uma manhã, ao guardar os livros sob a carteira, ele encontrou ali uma folha de papel cuidadosamente dobrada. Abriu-a e leu: "Ao meu colega da manhã".

Era uma longa carta, escrita, curiosamente, em letra de imprensa. Nela, a garota, que assinava apenas "Solitária da tarde", contava que não tinha namorado nem amigas, que se sentia muito só e que por isso recorrera àquele meio para se comunicar com alguém. "Estou fazendo como o náufrago", dizia, "que coloca uma mensagem numa garrafa e joga-a ao mar. Espero que esta mensagem chegue ao destino certo."

Paulo não estava certo de que ele era "o destino certo". Na verdade, ficara profundamente perturbado só de ler a carta. Mas então, e num gesto que a ele próprio surpreendeu, pegou uma folha de papel e ali mesmo, em plena aula, escreveu uma longa carta para a "Solitária da tarde". Nela, confessava que também se sentia sozinho e que gostaria de partilhar com a desconhecida missivista suas idéias, seus sentimentos, suas emoções. E assinou, talvez sem muita imaginação, "Solitário da manhã". Dobrou a carta e, disfarçadamente, colocou-a sob a carteira, esperando que a servente não encontrasse o papel.

A servente, que fazia seu trabalho apressadamente, de fato não achou a carta. Mas a destinatária, sim. No dia seguinte, ao chegar à escola, a primeira coisa que Paulo fez foi procurar pela resposta. O coração batendo forte,

tateou o compartimento. Dito e feito: lá estava a folha de papel.
Esta correspondência se prolongou pelo ano inteiro. Nenhum dos dois propôs um encontro. Aparentemente, o que ambos queriam era exatamente aquilo, trocar confidências. Mas, lá pelas tantas, Paulo deu-se conta: não era só a afinidade que o movia. Era mais do que isto. Ele estava apaixonado pela correspondente. E queria vê-la. Queria falar com ela. Queria, quem sabe, segurar sua mão. Mas faltava-lhe coragem...
E então algo aconteceu o que o fez tomar uma decisão.
Uma noite, o pai dele voltou para casa arrasado. Não quis nem jantar: disse à mulher e a Paulo, filho único, que precisavam conversar. Sentaram os três na sala e ele contou: estava indo muito mal de negócios, tinha de vender a pequena loja que possuía para pagar as dívidas. A partir daquele dia trabalharia numa outra loja, mas como empregado. Isto significava que o nível de vida da família baixaria muito. Venderiam o carro, procurariam uma outra casa, menor — e Paulo teria de mudar de colégio: aquele era muito caro.
Foi muito triste aquela cena, os pais abraçados, chorando, mas Paulo só conseguia pensar numa coisa: estava a ponto de perder sua correspondente. E então decidiu: precisava vê-la. Talvez com isso se quebrasse o encanto, talvez ela não quisesse saber dele, o que seria muito compreensível: Paulo estava longe de ser um galã. A moça, pelo contrário — e ao menos na imaginação dele —, era muito linda.

Naquela noite quase não dormiu. De manhã, tinha resolvido: contaria o ocorrido numa carta, proporia que se encontrassem. Sabia que disso poderia resultar uma grande desilusão para ela, mas, uma vez que ele não teria mais como lhe escrever, teriam pelo menos uma despedida de amigos.

Foi o primeiro a chegar à aula. Introduziu a mão sob a carteira — e nada encontrou. Nenhuma folha de papel. Procurou de novo, e mais uma vez: nada. Àquela altura já estava confuso, desesperado mesmo: o que teria acontecido? Teria a servente encontrado a carta — e jogado fora? Criou coragem e no intervalo foi procurá-la, na sala dos funcionários. Suando profusamente, e gaguejando, perguntou se ela havia encontrado uma folha de papel manuscrito. A servente, uma mulher gorda, de cara meio debochada, olhou-o e disse que não: não encontrara papel algum na carteira do Paulo. Ele então, suando ainda mais, disse que tinha um pedido a fazer: que ela não limpasse sua carteira, ao menos por uns dias. A servente riu, piscou o olho:

— Já sei: você está escrevendo bilhetinhos para uma colega. Vá em frente, rapaz: eu não vou mexer mais na sua carteira. Agora: lembre-se de que o Natal está chegando aí. E um presentinho no Natal sempre vem bem.

Paulo prometeu que não esqueceria.

Naquele dia, nada escreveu. E, no dia seguinte, de novo a carteira estava vazia. Não sabia o que pensar. O que teria acontecido com a "Solitária da tarde"? Teria adoecido? Teria, como ele estava a ponto de fazer, deixado o colégio?

Só havia um meio de saber.

Naquela tarde foi ao colégio. O porteiro quis barrar-lhe a entrada — tinha ordens da direção para não deixar os alunos da manhã entrarem depois do meio-dia —, mas Paulo alegou que tinha um assunto urgente para resolver na secretaria. Por fim, e ainda desconfiado, o homem deixou-o entrar.

Paulo foi avançando pelo corredor, em direção à secretaria. Felizmente, sua sala ficava no caminho. Ao passar por ali, lançou um disfarçado olhar pela janela — e seu coração quase parou.

Havia uma garota sentada na mesma cadeira em que ele sentara pela manhã. Uma garota loirinha, magrinha — bonita, muito bonita. Exatamente como Paulo imaginara? Isso ele agora não saberia dizer. Talvez sim, talvez não: o fato é que a imagem mental que ele fizera da desconhecida missivista agora dava lugar a uma figura real. E essa figura já se apossara de seu coração.

Saiu do colégio, mas não foi para casa: ficou no bar em frente ao colégio até que a campainha soou, anunciando o fim das aulas. As garotas iam saindo, rindo, conversando. Por fim ele a avistou. Tal como esperava, ela estava sozinha. E, pelo jeito, morava perto, porque foi andando, sozinha. Ele a seguiu por uns dois ou três quarteirões e por fim, num gesto que a ele próprio surpreendeu, adiantou-se e, apresentando-se como o colega que ocupava a mesma classe pela manhã, disse que queria conhecê-la. Ela olhou-o, e para surpresa e encantamento dele, sorriu:

— Eu também queria conhecer você. Afinal, alguma coisa em comum nós temos, não é mesmo? Ou, quem sabe, muita coisa em comum.

E foi assim que tudo começou. Terminou em casamento, claro, mas não é disso que quero falar agora. Quando Paulo me contou essa história, muitos anos depois, a coisa que mais me impressionou foi o fato de que, por muito tempo, ele não mencionou as cartas. Não tinha coragem, ou não era necessário... O fato é que não falou a respeito. O assunto veio por acaso. Um dia, olhando uma caderneta em que ela tomava anotações, comentou:

— Pensei que você gostasse de escrever em letra de imprensa.

Ela mirou-o, intrigada:

— Em letra de imprensa? Por que haveria eu de escrever em letra de imprensa? Você não acha minha letra boa?

— Acho. Mas nas cartas que você me mandava...

— As cartas que eu lhe mandava? – Ela, assombrada. — Que cartas? Eu nunca lhe mandei carta alguma, Paulo. Você está sonhando?

E então tudo se esclareceu. Ela não era a "Solitária da tarde". Na verdade, sentava em outro lugar; só passara a ocupá-lo depois que a antiga dona subitamente deixara o colégio: a família se mudara para outro estado.

Paulo ri muito, quando me conta essa história. E ela não deixa de ser engraçada. Mas é também um pouco melancólica. Paulo é feliz, mas, e a "Solitária da tarde", que terá acontecido com ela? Será que continua solitária? Será que continua se correspondendo com missivistas desconhecidos?

Provavelmente sim. Só que agora decerto recorre à Internet. Mesmo a solidão se moderniza.

Dona Carminda
e o príncipe

Regina Rheda

Herófilo fugiu do Instituto de Educação Domingos Jorge Velho e se escondeu no bueiro. Do escuro, quieto feito pedra, viu passar a máquina vibrante e, de dentro dela, viu pularem humanos idênticos. Eles correram para o instituto de educação e saíram depressa, carregando o professor Aristides, que deram para a máquina engolir.

A diretora ofegava, os olhos na ambulância, as mãos empurrando os alunos. Arrumem suas coisinhas e voltem para casa que as aulas de hoje estão canceladas. E a cobra, dona Carminda? Vão para casa direitinho que eu cuido da cobra.

A diretora esperou ir embora o último aluno da 6ª série C e tomou dois calmantes. A polícia era capaz de aparecer fazendo perguntas e dona Carminda teria que responder a todas com tranqüilidade. A polícia sempre lhe metera medo. Uma resposta desajeitada, uma reticência na voz, um tremor, e a diretora seria considerada suspeita, podendo ir para a cadeia, condenada por um crime que não cometera. Meudeus, uma cobra coral estava solta nas imediações do colégio e dona Carminda ficava ali, que nem uma mosca-morta, inventando dramalhões.

Iranildes, veja o número do Centro de Répteis e Animais Peçonhentos na lista telefônica.

Dona Carminda derrubou o corpo na poltrona. Gostoso ter um corpo, deixá-lo cair no macio, sentir as pontas dos dedos, as plantas dos pés. Gostoso bocejar. Os calmantes estavam fazendo efeito. Outro milagre da ciência. Não fossem os animais sacrificados em laboratório, diria o professor Aristides, a medicina não estaria onde está e a senhora não teria remédios para tomar. Anote o número que eu mesma ligo, Iranildes, e pode voltar para a sua sala.

Dona Carminda ficou olhando o número do telefone do Centro de Répteis e Animais Peçonhentos. Gostoso parar os olhos num número. Já, já ela pediria aos homens que viessem capturar a cobra. Sem a escravatura, a civilização também não estaria onde está, professor Aristides, e mesmo assim o trabalho escravo acabou sendo reconhecido como cruel e anacrônico.

Ele sorria um bigode, na galeria de retratos dos professores, sobre o arquivo de metal. Queria ter sido Doutor Aristides, biólogo ou paleontólogo, peagadê de Harvard, professor pesquisador em Yale, escritor de livros científicos. Mas o curso básico do Instituto Domingos Jorge Velho precisava mais dele do que Harvard e o professor nunca teve tempo de ir atrás de uma bolsa para estudar no exterior. Das três mulheres com quem casou e de quem se separou, nenhuma foi dona Carminda. Graçasadeus, suspirou a diretora. Gostoso suspirar. O Aristides costumava dizer que nunca se sentira pronto para assumir um relacionamento sério com ela. Graçasadeus. Para uma ex-atriz, com retrato no saguão do Teatro Municipal de Santa Cruz do Rio Pedroso, e diretora de um respeitável instituto de educação, seria constrangedor dividir a cama com um professorzinho alcoólatra, autor de contos de ficção científica sem pé nem cabeça nunca finalizados.

O professor Aristides tinha má fama na cidade. Sabia-se que ele chegava no trabalho bêbado e se reabastecia durante o expediente com uma garrafa de jurubeba guardada em seu escaninho. O que ninguém sabia, e dona Carminda desconfiava, é que ele roubava éter e benzina do laboratório do colégio para cheirar. Laboratório era modo de dizer. Tratava-se do banheiro de um pequeno galpão vazio que dona Carminda sonhava transformar num teatro, quando houvesse verba. O professor expandiu o banheiro, serrando a parede de madeira apodrecida que o separava do resto do galpão e criando outra parede com tapadeiras. Uma abertura entre duas tapadeiras permitia a passagem do laboratório para o resto do galpão. O banheiro, isto é, o laboratório, tinha uma porta que dava para o jardim do colégio.

Dona Carminda não gostou de ver o armário do antigo banheiro ir se enchendo de estupefacientes. Muito menos de saber que o professor Aristides obtivera um kit de dissecação e planejava montar um biotério no galpão. O professor pretendia manter animaizinhos trancados no biotério para depois cortá-los no laboratório, vivos ou mortos, na frente das crianças, com a desculpa de ilustrar suas aulas de biologia. A diretora não podia ser conivente com as intenções daquele pervertido.

No retrato sobre o arquivo, o bigode do Aristides era jovem e preto. Na vida, tornou-se de um grisalho amarelado pela fumaça do cigarro. O papel com o número do Centro de Répteis e Animais Peçonhentos se enrolou nos dedos de dona Carminda e furou. Ela ligou, pedindo urgência na captura do réptil. Coisa medonha, o Centro, verdade fosse dita. Os moradores da cidade tinham mais orgulho daquela abominação do que do Teatro Municipal. Gente de todo o país e mesmo de fora fazia até fila para contemplar as centenas de bichos confinados, doentes, sofrendo de desvio de comportamento. Em vez do Centro de Répteis e Animais Peçonhentos, dona Carminda devia ter chamado a Associação Protetora dos Animais e o Corpo de Bombeiros. Daí cada um cumpriria a sua obrigação: os bombeiros protegeriam os humanos da cobra, a Associação Protetora dos Animais protegeria a cobra dos humanos, e as duas organizações que se entendessem.

Iranildes entrou na sala sem bater, Vim ver se a senhora está precisando de alguma coisa, servida um calmantinho, dona Carminda? Não, obrigada, já estou satisfeita e além do mais minha cartela está vazia. Iranildes fez uma voz fininha, Ué, acabaram mais cedo os calmantes da senhora esta semana? A diretora não respondeu. Boazinha, a secretária, mas meio abelhuda. Iranildes, marque uma reunião urgente com todos os professores. Anote a pauta: o cancelamento do projeto do professor Aristides diante da tragédia que acaba de ocorrer. E pode voltar para a sua sala.

Em quem será que o Aristides estava pensando, na hora de tirar o retrato, para sorrir com tanta satisfação? Não na dona Carminda, certamente. Graçasadeus. Se ele morresse, não deixaria ninguém neste mundo. O colégio precisa mais de mim do que meus genes, ele se desculpava, quando lhe cobravam filhos. Dona Carminda enterraria o professor como se fosse a viúva.

    Se ele morresse, ela ganharia a guerra. Com o defunto, enterraria todas as suas derrotas, até a que sofrera na reunião para discutir o projeto do biotério. Hoje as crianças cortam bichinhos, amanhã vão cortar seus próprios filhos e, depois, os filhos de seus filhos, dissera a diretora ao professorado. Hoje em dia, senhores, pode-se ver o funcionamento do organismo vivo em vídeos, podem-se dissecar modelos artificiais de alto nível, feitos com material de primeiríssima, importados dos Estados Unidos e made in China. O professor Aristides rebateu, Mas os animais são anestesiados antes da dissecação e não sofrem! Sofrem sim!, berrou dona Carminda, engolindo a seco um calmante que a secretária acabara de lhe passar por baixo da mesa, Os animais sofrem quando capturados, sofrem durante o confinamento, sofrem de medo! O professor ficou de pé e meteu os olhos no fundo dos olhos de cada participante para arrancar apoio à força, Pois quem não sofre neste mundo, senhores? Quantas histórias de dor e desespero cada um de nós tem para contar? Por que nós, humanos, devemos sofrer sozinhos, poupando apenas os animais? Por acaso, quando livres em seu ambiente natural, os animais também não sofrem? Sejamos maduros. Sejamos realistas. Sejamos científicos. O sofrimento faz parte da vida.

    Cada um lembrou-se da sua quota de dor quase insuportável. Este, uma crise de pedra nos rins; aquele, um infarto; o outro, um golpe nos testículos; esta, um parto difícil; aquela, a perda de um filho. Injusto ter que carregar sozinho fardo tão pesado. Tamanha dor tinha de ser dividida com as outras criaturas do mundo, a começar por aquelas sem condições de se defender. O projeto do biotério foi aprovado por todos, menos por dona Carminda.

Mas a diretora não permitiria que o professor Aristides aumentasse, em vez de tentar diminuir, o sofrimento no planeta. Com a ajuda de Iranildes, embaraçou o projeto por dois anos, alegando falta de verba. Cansado de esperar a reforma do galpão, o professor decidiu instalar no futuro biotério o primeiro morador, um sapo que ele encontrara perto de uma poça d'água, depois da chuva. Um aluno trouxe uma cobra coral capturada pelo caseiro da fazenda de seu pai. O professor montou um ambiente para o sapo, com uma pedra e uma bacia d'água. Para a cobra, fez uma casa com um aquário usado, que cobriu com um tampo de vidro, deixando um vão para o ar entrar. Alguns professores se queixaram da proximidade da cobra venenosa, um perigo para crianças e adultos. Mas dona Carminda fez questão de manter o réptil ali, Vocês não aprovaram um biotério com espécimes para o professor dissecar? Pois agora têm que arcar com as conseqüências.

Dona Carminda, chegaram os homens do Centro de Répteis, disse Iranildes, abrindo a porta para enfiar a cabeça na sala. A diretora desenroscou-se do bigode do professor Aristides e recebeu os profissionais. A área teria de ser isolada. Antes do anoitecer, a cobra já teria sido capturada. Ficaria presa até o final dos seus dias de tédio e medo.

Herófilo viu passar a máquina veloz carregando dona Carminda. Enrolada numa cavidade do bueiro, um pouco abaixo dele, descansava a cobra coral. Parte do seu corpo tinha sido esmagada por uma máquina, enquanto atravessava a rua. Mas ainda estava viva. Herófilo e a cobra se vigiavam.

Herófilo. Tão antigo, o Aristides. Anacrônico. Parece um dos seus personagens de ficção científica, resmungou dona Carminda, acelerando o carro. O professor tinha batizado o sapo de Herófilo em homenagem ao estudioso de anatomia e brilhante dissecador de cadáveres que viveu na Grécia, no século três antes de Cristo. Poderia ter escolhido um nome moderno, de um cientista contemporâneo, como... Dona Carminda cavou o cérebro, não conhecia os nomes, precisava fazer uma pesquisa. Vá lá, aquele do programa Cosmos, o Carl Sagan. Ou então o tetraplégico que fala por meio de um computador, Stephen Spielberg. Já o nome que o Aristides dera para a cobra a diretora não sabia, mas ouvira dizer que era Carminda.

Em casa, a diretora procurou algum almoço na geladeira. Não tinha fome mas precisava empurrar qualquer coisinha. Depois aproveitaria a tarde livre para visitar uma velha amiga, voluntária do Teatro Municipal. Requentou a sobra de uma torta de miúdos. Autópsia do corpo do Aristides ninguém iria pedir. Não tinha por quê, ele nem estava morto. Mas se ele morresse e a polícia mandasse vasculhar suas vísceras, nelas seriam encontrados vestígios do calmante que dona Carminda costumava tomar. Iranildes contaria à polícia que na semana da tragédia o suplemento de calmantes da diretora tinha acabado antes da hora. O investigador fuçaria daqui, dali, e acabaria descobrindo que dona Carminda diluíra alguns calmantes na jurubeba que o professor guardava no escaninho. Dona Carminda sentiu nojo da torta e devolveu-a para a geladeira. Mesmo sob tortura, negaria que tivesse posto calmante na jurubeba do professor. Iranildes era uma que tinha acesso aos seus calmantes, diria Carminda, só que a secretária podia ser intrometida, mas mau-caráter não era. Na opinião da diretora, o próprio Aristides teria roubado os calmantes para misturá-los à bebida e intensificar o efeito do álcool. A versão de dona Carminda sobre o acidente elucidaria os fatos e encerraria o caso.

Ela fizera questão de estar presente à aula de dissecação para vigiar as crianças, com medo de alguma querer bulir com a cobra coral. Para evitar vaivém no biotério durante a aula, ela pedira ao professor que, já na véspera, deixasse o sapo no laboratório, dentro de uma caixinha. O professor fez o que ela pedira, antes de ir para casa. No fim desse dia, a professora mandou um funcionário tirar o aquário com a cobra do lugar de costume e colocá-lo onde ficava o sapo. Por que que a dona Carminda mandou trocar a cobra de lugar? Sabe como é estudante, delegado. Rebelde por natureza. Então, trocando a cobra de lugar, eu pretendia despistar algum transgressor. Boa idéia, diria o delegado. Todo cuidado era pouco para garantir a segurança dos alunos do instituto, e a diretora teve até o cuidado de mandar cercar, com alguns tijolos, a área ao redor do aquário. E fez mais: no dia da dissecação, apagou a luz do biotério para desencorajar a entrada de aluno xereta ali, que criança tem medo do escuro.

Já o acidente, delegado, foi o seguinte. Bêbado, dopado e, acredito, confuso pelo éter e a benzina, o professor pegou o sapo de mau jeito, apertando as glândulas parótidas do bicho. As tais glândulas parótidas espirraram um veneno que foi direto no olho do professor. De olho ardido, o coitado se atrapalhou e deixou o sapo escapar. O anfíbio se meteu pela passagem que leva ao biotério e sumiu no escuro, na direção do ambiente dele. O professor correu atrás, não enxergou os tijolos do cercado que eu tinha mandado fazer em volta da cobra e tropeçou neles. (Neste ponto dona Carminda esconderia o rosto com as mãos para controlar um choro.) Infelizmente, o professor caiu em cima do aquário da cobra. Escutei o vidro quebrar e me apavorei com a possibilidade de o réptil fugir e picar o Aristides. Mas minha preocupação imediata era com a segurança das crianças. Empurrei todas pela porta que dá para o jardim e corri junto com elas até o prédio da escola. Meu instinto de proteção se manifestou com tanta intensidade que, mesmo estando um pouco velha e fora de forma... Não diga uma coisa dessa, dona Carminda. Digo sim, delegado, mesmo estando meio gasta, consegui liderar a corrida. A senhora está de parabéns, diretora, mas gasta não está de jeito nenhum.

 O telefone de dona Carminda tocou, priiii. Não havia por que se preocupar com polícia, autópsia, cadeia. Priii. O professor estava sendo bem atendido. Priii. Só dez por cento das pessoas picadas por cobra coral morrem. Priii. Senhora Carminda? Aqui é do Centro de Répteis e Animais Peçonhentos. Encontramos a cobra num bueiro, perto do colégio. Ou melhor, encontramos um pedaço dela. O outro deve ter sido devorado por um sapo que estava perto. Capturamos o sapo. Se a senhora quiser, podemos abrir a barriga dele para a senhora ver se a outra parte da cobra está mesmo lá dentro. Vou criar o bicho, disse dona Carminda. A senhora vai o quê? Vou adotar o sapo. É o Herófilo, só pode ser o Herófilo, o mascote do colégio.

Dona Carminda tinha um amplo jardim com uma fontezinha no meio. Mandaria cercá-lo com uma tela de arame para o Herófilo não se perder na vizinhança. Os dois continuariam a fazer uma boa parceria até que o sapo morresse de velhice. No jantar daquela noite, dona Carminda receberia Herófilo com uma torta de miúdos.

Hoje tem arco-íris

Vivina de Assis Viana

Quando a guerra acabou, eu tinha acabado de fazer cinco anos. Agora tenho mais, bem mais.

Naquela manhã, meu pai ligou o rádio e a voz do repórter Esso, "testemunha ocular da história", espalhou pela casa inteira, casa grande, muitos quartos, sei lá quantas janelas: "Berlim caiu! Berlim caiu!". Assentada no último dos onze degraus da escada de pedra da cozinha da fazenda, vi meu pai deixar o rádio falando sozinho e sair pela casa, corredor comprido, três salas, à procura de minha mãe, ou de meus irmãos, nenhum deles com cinco anos acabados de fazer. Todos com mais, bem mais. O testemunha ocular continuou me dizendo, naquela cozinha grande e vazia, a lenha ardendo no fogão, que Berlim, em ruínas, ardia em chamas, e os aliados, em êxtase, celebravam.

Celebrei, silenciosa. Os pêlos do cachorrinho vira-lata iam e vinham debaixo da minha mão e seus olhos sonolentos me diziam que ele também não sabia como seria o mundo sem guerra, agora que Berlim tinha caído.

Meu mundo sem guerra não mudou muito. O testemunha ocular da história continuou ecoando pela casa inteira, sei lá quantas janelas, e o vira-lata jamais deixou de me olhar, sonolento. Berlim, impotente, se dividiu em duas, e o resto do mundo, poderoso, se multiplicou por muitos. O açúcar, desaparecido durante meses, voltou a nossos pratos e xícaras, e meus irmãos, no dia marcado, voltaram ao colégio, longe, do outro lado do Rio das Mortes, depois da estação de trem. Viagem que eu só sabia imaginar, locomotiva-guia apitando, barulhenta, vagões-guiados seguindo, obedientes, sacolejantes.

    Os dias do meu mundo sem guerra e sem irmãos começavam no café forte coado por meu pai, cada manhã, e terminavam na lição noturna ministrada por minha mãe, cada noite. Aula de caligrafia, letras desenhadas com cuidados e carinhos de mãe pra filha e de filha pra mãe, tudo junto, misturado. Desenhos, cuidados e carinhos relembrando e registrando a vida na fazenda, casa grande, quintal ainda maior, horizonte sem fim: meu pai andou a cavalo o dia inteiro, Juarez escreveu uma carta bonita, Lucrécio está com catapora, minha mãe gosta de cantar "Maringá", estou aprendendo a escrever, Delza estuda pintura e piano, meu pai e minha mãe gostam de mim, estou com saudades dos meus irmãos, hoje teve arco-íris.

    Porque meu pai e minha mãe gostavam de mim, um dia chegou minha vez. Deixei pra trás o horizonte sem fim, a claridade sem limite, a liberdade sem fronteira, o quintal de frutas verdes e maduras, o cheiro do curral, o olhar sonolento do Oscarito, o rádio na cozinha, a lenha ardendo, as salas, os quartos, as sei lá quantas janelas, peguei os seis bicos que minha mãe tinha me dado — sem eles eu não vivia nem dormia —, peguei os seis e me fui, nove anos ainda por fazer.

Duas horas a cavalo até o Rio das Mortes, duas léguas, doze quilômetros, lágrimas e medos sem conta, a travessia do rio na balsa precária, o barqueiro, Zé Afonso, comandando a correnteza, a margem de lá acenando com a chegada, a de cá se distanciando com a despedida, troca de roupas na estação, as antigas, cheiro de cavalo, substituídas pelo uniforme, cheiro de nada, blusa branca, saia azul, sapato preto apertado, sapato novo aperta, meia esquenta o pé, vontade de andar como sabia, meia nenhuma, sapato nenhum, nem novo nem velho, pés soltos, livres, ir e vir, entrar, sair, só chegar, partir nem pensar, nem pra perto nem pra longe, só ficar e sentir os pêlos brancos e macios indo e vindo debaixo da mão, saudade do Oscarito, coitado, ficou lá, latindo cada vez mais fraco, até sumir, com a margem.

Seguindo os passos de minha irmã do jeito que, anos mais tarde, veria o filho mais velho de Fabiano repetir com o pai, em "Vidas Secas", eu pisava onde ela pisava, nós duas nos equilibrando nos trilhos da estrada de ferro, ela sempre à frente. Nesse dia, conheci o Rio das Mortes (antes, só córregos e riachos), a balsa, a estação de trem, os trilhos, o trem, a cidade — São João del-Rei —, o colégio.

Quando as portas se fecharam, minha mãe do lado de fora, a fazenda além do rio, o Oscarito chorando sozinho no último degrau da escada de pedra, o céu sem arco-íris, pensei ouvir a voz do repórter Esso. Ali, ao lado, tão perto que parecia um cochicho, se ele cochichasse. Um rádio na cozinha, celebrei, silenciosa. Mas só havia uma escada, com muitas vezes onze degraus, e era proibido subir, percebi logo. Bastou tentar. Um gesto enérgico da mão fria me trouxe de volta ao degrau inicial, e aprendi.

Tudo ali era proibido, menos rezar, calar, e andar em fila. Dessa vez, a voz da testemunha ocular da história me cochichou que os dias de Berlim haviam voltado. Aqueles de antes da queda, violentos, violadores. Vamos ficar sem açúcar, e Berlim voltará a ser uma só, pensei.

À noite, dormitório silencioso, dentes escovados, cabelos penteados, mais de cem camisolas brancas de golas altas e mangas compridas esperavam, assentadas nas camas, que a freira francesa desse o sinal para a última oração do dia. Abri o embrulho que minha mãe me dera antes das duas léguas a cavalo, e tirei um dos seis bicos que, muito tempo depois, descobri também se chamarem chupetas, ou chuchas.

Tirei um dos seis do embrulho feito com capricho, sem eles eu não vivia nem dormia, e matei um pouco a saudade de mim, sentindo o gosto e o cheiro das noites que conhecia, serenas, estreladas, enluaradas, galos cantando na madrugada, vacas berrando no curral, promessas de arco-íris no dia que ia nascer.

A freira francesa, fugida da guerra e saudosa de Lyon, percebeu que minha cama abrigava algo mais além da camisola branca em posição de espera, mãos postas em atitude de oração. Abrigava também uma ingenuidade que a correnteza do rio não levara, nem os trilhos do trem, nem o apito da locomotiva, nem o impacto da cidade, nem os muitos onze degraus da escada de madeira que conduzia ao dormitório, nem a volta dos dias violentos e violadores de Berlim.

A saudade de mim sumindo no gosto conhecido e no cheiro familiar do bico de borracha com argola de plástico, dormi como dizem que os anjos dormem, em paz com este e outros mundos.

No dia seguinte, a freira, irmã Celina, que alguns diziam não ter vindo da França, mas do Espírito Santo, no dia seguinte, na hora do primeiro recreio, ela me chamou. Eu devia abandonar aquele bico. Meus dentes cresceriam tortos, minha mãe não havia me falado? E eu tinha quase nove anos, não tinha? Pois então? Naquele dormitório imenso, tanta gente de tanto lugar diferente, só eu. Ninguém trazia bico pro colégio, nunca tinha acontecido isso, nem ia acontecer. Mais fácil um camelo passar pelo fundo de uma agulha.

— Sei que você é inteligente, está me entendendo, e vai me entregar aquele bico. Vamos ao dormitório, ninguém fica sabendo e ponto final.

Não me importei de atender a um pedido tão sensato. Que falta me faria um, se eu tinha mais cinco?

Na noite daquele dia, irmã Celina nada viu sobre minha cama além da camisola de fantasma. Cruzamos olhares cúmplices imperceptíveis, ela deu o sinal, todo mundo rezou, ela apagou as luzes e andou várias vezes de uma ponta a outra do dormitório, vigilante. Quando sentiu chegada a hora, recolheu-se, seu quarto bem no centro, posição estratégica.

Era a minha vez. Abri, sem barulho, o embrulho de papel cor-de-rosa que escondera debaixo do lençol, tirei o segundo bico, e dormi, feliz da vida. Mais que os anjos.

Tempos depois, irmã Celina, de novo.

— Você tem um segundo bico. Não está certo, não foi o que combinamos. No futuro, você vai me agradecer.

Insisto para seu próprio bem, sou mais velha que você, posso ser sua mãe, sei o que estou dizendo.

Subimos aqueles degraus todos, sobraram quatro bicos.

À noite, olhares cúmplices, luzes apagadas, silêncio quase total, pensei duas vezes. E os dentes tortos, o sorriso feio? Melhor não pensar vez nenhuma, resolvi.

Irmã Celina me chamou pela terceira vez e eu sabia o que ela queria. Subimos em silêncio, e o pacote cor-de-rosa ficou mais pobre.

Tentei uma pausa, fiz promessa. Se me livrasse do vício, doava um dinheiro pra São Vicente de Paulo, fundador da Congregação. Deu em nada. Dinheiro como, se era proibido? E pra fazer o quê, se não saíamos nunca, com ninguém, pra nenhum lugar? Deu em nada.

O quarto bico foi entregue com sabor de derrota. Se a promessa tivesse dado certo, quem sabe? Tinha gente que prometia uma coisinha de nada e resolvia grandes causas. Ficar uma semana sem sobremesa e receber uma carta do namorado sem ninguém nem desconfiar, isso vivia acontecendo. Não sei se já disse que as freiras liam nossas cartas, todas. As que chegavam e as que saíam. Carta de mãe, pai, avó, irmão, amiga, todo mundo. Amigo ou namorado, nem pensar. Homem, só pai e irmão. Os homens não prestam, elas diziam. E eu pensava que meu pai e irmãos não prestavam, ou, se prestavam, não eram homens. Para que não víssemos nem nos lembrássemos de quem não prestava, as portas da rua eram trancadas com cadeados, e as chaves presas à cintura da madre superiora ou de alguém de sua mais absoluta confiança. As janelas, todas lacradas. Nunca ninguém via a rua, e assim dava tudo certo, homens pra lá, mulheres pra cá, como convinha. Se alguém, algum dia, quisesse fazer uma promessa pra deslacrar as janelas, já pensou? Trabalho perdido. Ia precisar prometer tanto, fazer tanto sacrifício, melhor nem começar. Certas causas não têm acordo, nem Deus entrando no meio. Mais fácil um camelo passar pelo fundo de uma agulha, como dizia a irmã Celina. Ou um arco-íris surgir à noite, como estou inventando agora. Impossível alguma coisa mais impossível que essa. Arco-íris, pra existir, precisa de sol, chuva e céu. Céu claro, melhor. Como chuva com céu claro não acontece todos os dias, alguns arco-íris ficam meio desmaiados, ou descoloridos.

 Naqueles tempos de criança, se a irmã Celina me desse um arco-íris, juro que lhe entregava todos os bicos do mundo, os meus e os não meus, eu era capaz até de ir parar lá em Berlim. A gente fala cada coisa, Berlim, onde já se viu, se o repórter Esso espalhou para o mundo todo que a cidade ardeu em chamas, ia sobrar algum bico? Eu perderia a viagem, isso sim. Melhor ficar por aqui mesmo, Brasil, Argentina, Peru. Machu-Pichu, já pensou buscar um bico naquelas alturas? Ia ser um bico abençoado, porque os índios dizem que, quanto mais altas as montanhas, mais perto de Deus. Se for verdade, meu pai, minha mãe, meus irmãos e eu estamos num beco sem saída. Nossa casa, no final de um despenhadeiro, parece mais um esconderijo.

 Um dia, logo depois do jogo de vôlei, nem banho tomado, irmã Celina me fez um sinal. Ela descobriu os dois últimos, pensei. Fingi que não estava com vergonha e fui até lá, ajeitando o cabelo, o uniforme, não sabendo o que fazer com as mãos, os olhos, a alma.

Tomei banho pensando nas surpresas que a gente tem. Ela descobrira, claro. No entanto, não queria bico nenhum, nem tinha mais o que me dizer. Que eu fizesse o que quisesse, se quisesse. Os dentes eram meus, o sorriso, os bicos.

Naquela noite, rezei para que ela apagasse logo a luz. Talvez o escuro me iluminasse, milagres não acontecem? Mãos enfiadas debaixo do lençol, os dois bicos estavam lá. Não sabia dormir sem eles, mas estava desaprendendo de dormir com eles. Como se começasse a escrever de trás para frente. Como se virasse pelo avesso as lições noturnas de minha mãe: Inteiro dia o cavalo a andou pai meu, bonita carta uma escreveu Juarez, catapora com está Lucrécio, "Maringá" cantar de gosta mãe minha, escrever a aprendendo estou, pintura e piano estuda Delza, mim de gostam mãe minha e pai meu, irmãos meus dos saudade com estou, arco-íris teve hoje.

No dia em que fiz nove anos, irmã Celina não me chamou, nem me fez sinal algum. Me deu um embrulho cor-de-rosa, pequeno, arredondado. Disse pra abrir com cuidado, quebrava. Nem borracha nem plástico, pensei. Abri com cuidado e carinho, como se abrisse o caderno das aulas noturnas de caligrafia. Um barulhinho metálico me cochichou que aquilo tinha voz. Olhei de um lado, de outro, confessei: não sabia o que era. Nunca tinha visto nada igual, nem semelhante, em minhas andanças por quintais e currais da fazenda. Menos ainda em minha única passagem pelo Rio das Mortes, pelos trilhos do trem da estação de Nazareno, ou pelas ruas de São João del-Rei, testemunhas oculares de tantas histórias antigas.

— É um caleidoscópio, ela disse, com um sorriso cúmplice. Pra você não ficar triste, não sentir saudade dos bicos.

Ela sabia que eles estavam lá, ao alcance das minhas mãos, mas longe de mim. Um texto pelo avesso.

No dia dos meus nove anos, não joguei vôlei, não brinquei de roda, não subi em gangorras, não bati pique, esqueci o bilboquê.

Sem saber, irmã Celina tinha me dado um arco-íris. Só que eu podia manuseá-lo, ouvi-lo, dosar a rapidez da mudança das cores, dirigi-lo, fazê-lo saltar pra frente e pra trás. Às vezes se parecia com um caderno, letras redondas e firmes, às vezes com um cavalo, saltos selvagens e ousados. Houve uma noite em que, quase branco, ele me trouxe de volta o Oscarito, a margem do rio se aproximando, virando nuvem, brisa, palmeira, até mar, que eu não conhecia, nem imaginava.

Hoje, tanto tempo passado, sigo tendo arco-íris quando quero. Muitos outros caleidoscópios chegaram, alguns inimagináveis, vindos de longe, de museus europeus, de muito além do Rio das Mortes, que hoje beira estações de ferro em ruínas, quase ardendo em chamas.

Nenhum deles veio de Berlim, que voltou a ser uma única cidade, sem muros, todas as pessoas lendo os mesmos livros, ouvindo as mesmas músicas, relembrando as mesmas histórias. Vou acabar indo até lá. Deve ter sobrado algum bico entre aquelas ruínas, escondido entre luas e estrelas, e irmã Celina precisa saber. Algum futuro caleidoscópio, ela precisa saber. Algum arco-íris, talvez o de amanhã.

A bela freira

Walcyr Carrasco

O grande segredo de minha mãe era nossa verdadeira religião. Dona de um pequeno bazar, em uma pacata cidade do interior, lucrava vendendo cadernos, lápis, canetas às alunas do convento a duas quadras de distância. Freiras de longos hábitos negros, padres e até mesmo agregados do bispo, cuja casa com colunas e arcos redondos era próxima, freqüentavam a pequena loja com vitrines repletas de brinquedos e uma árvore na frente. Certa vez, quando eu ainda era pequeno, encontramos o bispo na rua. Ele acariciou meus cabelos, dizendo que eu era um bonito menino. (Não que fosse especialmente. Olhando as fotos antigas, julgo ter tido cara de rato. Mas era o tipo de cumprimento excelente para dedicar às fiéis.) Em seguida, estendeu a mão com o grande anelão de pedra. Mamãe hesitou um segundo. Beijou a pedra, recebendo com ar culposo um "Deus te abençoe". Ao longo do caminho, explicou-me. Ninguém podia saber que éramos presbiterianos, ou as freiras seriam capazes de proibir as alunas de comprar conosco. Preferia correr o risco do inferno a perder a freguesia. O que é sério entre presbiterianos, incapazes de reconhecer a existência do purgatório. Ou o pecador arrependido voa diretamente ao céu, ou enfrenta Satanás e seus sequazes pela eternidade. Beijar o anelão do bispo católico implicava escolher a vil matéria durante os parcos anos da vida terrena em detrimento de uma eternidade ao som das harpas angelicais.

    Fui eu quem traí o segredo, logo depois dos quinze anos. Em troca de um segredo tão maior que ninguém jamais soube, e os cadernos continuaram sendo vendidos a legiões de meninas de uniforme quadriculado. Tudo começou quando um novo grupo de freiras instalou-se no outro extremo do quarteirão. Uma comunidade pequena. Não entendemos por que não foram morar no convento, com as outras, já que o prédio era tão grande. Para nossa surpresa, não usavam hábito, mas vestidos nas canelas, mal cortados e cinzentos. Também não davam aulas, nem passavam o tempo todo rezando, como eu acreditava ser sua obrigação. O balcão do bazar funcionava como um centro de recepção e comunicação de todos os eventos do bairro. Logo uma vizinha contou.

    — Meu marido disse que são comunistas.

    Freira comunista era coisa de que nunca tinha ouvido falar. Até onde sabia, comunistas odiavam a religião, qualquer que fosse ela, como apregoava o pastor na minha igreja. Não compreendia bem os meandros do catolicismo. Como provavelmente nem alguns cardeais entendem ainda. Até então minha maior dúvida era saber se as freiras eram carecas. O tema era objeto de longos debates entre mim e meus amigos. Quando íamos para a escola, passávamos em turma diante do convento. Na ida e na volta, atravessávamos a rua para espiar de longe a janela. O maior sonho era ver uma freira tomando banho, para tirar esta — e outras dúvidas, mais pecaminosas — de uma só vez.

    Estava mal-humorado no balcão, ajudando minha mãe a empacotar presentes, quando vi dois pés de mulher metidos em sandálias de couro entrando na loja. As unhas, cortadas rente, não estavam pintadas. Senti um perfume diferente, de banho com sabonete, onde o cheiro do corpo se sobrepunha. Mas não era suor, nem de alguma maneira desagradável. Era humano. Era, enfim, o cheiro de uma mulher. Ergui os olhos. O rosto, triangular, idêntico ao de certas pinturas antigas. Moreno, queimado de sol, como nunca vira em freira alguma. Olhos escuros, esverdeados. Um sorriso, com dois incisivos levemente pontiagudos, estranhamente ferozes. Cabelos curtos, pretos, penteados de lado, ostensivamente sem vaidade alguma. Minha mãe sorriu, terminando de fazer um laço no pacote de presente. Entregou para a freguesa e disse que estava à disposição. A mulher se apresentou. Era uma das freiras que se mudara para a comunidade. Irmã Edith. Estavam criando uma escola para alfabetizar adultos, na divisa da cidade, repleta de olarias. Minha mãe contribuiria com alguns cadernos, lápis, canetas?

    Percebi um gesto de raiva do meu lado do balcão. A última coisa que mamãe pretendia era contribuir para obras sociais católicas. Negar era feio. Lamentou-se da situação. Da carestia, das dificuldades do comércio e dos impostos, enquanto embrulhava uma dúzia de cadernos, que quase atirou no nariz de irmã Edith.

    — Você estuda? — perguntou, olhando para mim com aquele estranho sorriso canino.

Senti uma dificuldade enorme de falar, as palavras embolaram na garganta. Mas esse era um dos assuntos preferidos de minha mãe.

— Ele é muito inteligente, foi o primeiro da classe. Lê o tempo inteiro, o pai até fica bravo de tanto que lê. Vive me pedindo livro, mas eu não posso comprar, a vida está muito difícil.

Mamãe aproveitou e lançou um olhar para os cadernos, para realçar o sacrifício da doação. A freira sorriu:

— Tem boa letra?

— Escreve melhor que a professora — garantiu mamãe.

Mal sabia, irmã Edith tivera uma idéia. Ofereceu:

— Nós temos muitos livros. Se quiser, posso emprestar.

Eu adorava livros. Meus pais não sabiam se esse gosto era bom ou ruim. De fato, havia a esperança de que eu tivesse algum sucesso na vida, já que gostava de estudar, em detrimento dos primos, hábeis em fugir da escola. Entretanto, muitos livros eram perigosos, e podiam destruir o caráter de um rapaz com tanto futuro, segundo meus pais haviam sido informados. Papai vigiava escrupulosamente minhas leituras, para evitar tudo que fosse imoral. Seu índex pecava pela inexatidão. Pouco versado nas letras, me proibira de ler "O Conde de Monte Cristo", por ter ouvido falar que era muito forte. De noite, eu me deliciava com certos livrinhos pequenos, comprados em uma banca de revistas, com as aventuras de uma espiã que vivia pelada. Todos escondidos embaixo do colchão. A perspectiva de entrar em uma casa feminina, tipo convento, com o ar pesado de cheiro de freiras, me fascinou.

Imediatamente, aceitei, na esperança de sentir aquele cheiro mais vezes. Que livros ela possuía?

— Muitos. Se quiser, pode ir amanhã de tarde.

À noite, ouvi um sermão. Preocupada, minha mãe me fez jurar que não beijaria santinhos, pois presbiterianos não adoram imagens. Não rezaria o terço. Nem me confessaria, se houvesse algum padre por lá, já que tínhamos o apanágio de falar diretamente com a divindade, sem a necessidade de um interventor, como descobriram Lutero e Calvino. Acima de tudo, não deveria revelar em hipótese alguma que íamos secretamente à igreja protestante do outro lado da cidade.

— E se perguntarem?

— Diga que é católico.

— Mentir pode? — revoltei-me.

— Não pode, mas nesse caso você deve — retorquiu minha prática progenitora.

Apavorado, eu imaginava: E se Irmã Edith me pegasse em flagrante? Descobrisse que eu não fizera primeira comunhão? Nem tinha idéia do que fosse. Nunca experimentara hóstias! De fato, tinha verdadeira curiosidade em comê-las. Todos os meus amigos da escola já tinham passado pelo terror de engoli-las sem mordê-las. Diziam que, se mordidas, saía sangue. Alguém conhecera alguém que conhecera outra pessoa amiga de um menino que mordeu a hóstia e foi castigado com um jato de sangue na boca. E a curiosidade em saber se saía sangue mesmo? Nós, protestantes, após a confirmação, tínhamos direito a pão e vinho. Suco de uva, na verdade. Eu não tinha direito algum, pois ainda não passara pela cerimônia. Uma vez, com dois colegas, conseguimos agarrar as sobras, no fundo da igreja, para experimentar. Decepção absoluta: era pão de forma em quadradinhos, com suco de uva aguado. Só muito mais tarde entendi o motivo da diferença: católicos acreditam na transubstanciação. Ou seja, a hóstia e o vinho transformam-se no próprio corpo e sangue de Cristo. Protestantes entendem como um símbolo. Meus amigos da escola, longe do bazar e de casa — nós morávamos no fundo da loja —, conheciam minha verdadeira condição religiosa. Naquele tempo, havia aula de religião no currículo. Eu era dispensado, com alguns outros garotos não-católicos, ganhando um recreio adicional. Muitos pequenos corações tiveram dúvidas sobre a escolha religiosa de seus pais, ao me verem deixar a sala de aula para passar um bom tempo brincando, enquanto eram ameaçados com o purgatório.

No dia seguinte, de tarde, mamãe me fez tomar banho e pentear o cabelo. Examinou minhas orelhas, para ver se estavam limpas. Estava autorizado a ir à casa das freiras, mas não devia demorar muito, nem aceitar nada para comer, pois gente educada não dá demonstrações de gulodice. Andei emocionado até a esquina. Havia um jardinzinho mal cuidado. Bati palmas. Quando ninguém abriu a porta, entrei. Atravessei uma varanda de ladrilhos de cimento e bati à porta. Uma mulher gorda, também com o mesmo vestido cinza até os joelhos, veio abrir.

— A irmã Edith disse que eu podia...
— Entre.

A sensação mais forte foi de escuridão e silêncio. A sala de móveis pesados, vindos, provavelmente, do porão do bispo. Só uma sala de jantar de madeira escura e cadeiras grandes, com um jarro sem flores no meio da mesa.

Uma estante repleta de livros. A freira mais velha sorriu, disse que ia chamá-la. Pouco depois, mesmo antes de sua entrada, senti o cheiro de sabonete perfumado e de corpo de mulher.

— Que tipo de livro você gosta de ler?

Levou-me até a estante. A maioria, livros religiosos. Outros, desesperadamente infantis. Muitos, cujo título não entendia, e só mais tarde, em retrospectiva, pude compreender do que se tratava. Sociologia. Política. Textos sobre a igreja progressista. Apostilas sem título. A freira mais velha voltou com café e um bolo feito em casa.

— Pegue um pedaço.

— Não, obrigado — disse eu, olhando esperançosamente para o bolo.

Irmã Edith percebeu o constrangimento. Cortou uma fatia e me deu. Devorei.

— Está muito bom.

— Fui eu quem fez — disse a mais velha, sorrindo misteriosamente para mim.

Em seguida, comentou com irmã Edith.

— É ele que vai com você?

— Acho que sim.

Olhei para as duas, sem compreender. Ir aonde? Enquanto me servia outra fatia, que dessa vez engoli sem vergonha alguma, irmã Edith me explicou.

O curso de alfabetização seria dado segundo o método Paulo Freire, no qual era especialista. Na verdade — e essa informação me cortou a alma — só ficaria na cidade durante pouco tempo, na fase de pesquisa. Mais tarde, o curso seria conduzido pelas outras irmãs da comunidade, pois iria implantar o curso em uma região perto do rio

Araguaia, já nas bordas da floresta amazônica. Pessoalmente, eu fora alfabetizado de maneira muito tradicional, na didática do B mais A, BA, B mais E, BE, e assim por diante. Sendo que a professora evitara, pudicamente, o C mais U. Nada sabia de novas didáticas. Irmã Edith explicou que o educador Paulo Freire criara um método de alfabetização completamente diferente, com resultados impressionantes para adultos. Baseava-se em fazer uma pesquisa inicial da linguagem usada pela comunidade, ou bairro onde seria instalada a escola. O curso seria montado a partir de certas palavras-chave.

— Eu soube que é uma região de olarias — ela explicou. — Provavelmente, eles vão ter muita facilidade em identificar palavras que já fazem parte do seu dia-a-dia, como barro, tijolo...

Entendi mais ou menos. O motivo da pesquisa era simplesmente conversar.

— É bom ir visitar as casas em duplas. Mas, aqui na comunidade, temos um número ímpar de irmãs. Sabendo que você gosta de estudar e tem boa letra, achei que podia ir comigo. Ajudará a anotar as entrevistas. Como é daqui, também pode nos mostrar a região.

Aspirei o cheiro de sabonete, deliciado. Concordei rapidamente. Marquei para o dia seguinte, de tarde, depois das minhas aulas. Saí com um livro qualquer debaixo do braço e o coração encantado. Aquela mulher me tratava como adulto! Eu já tivera minha primeira experiência sexual, levado pelos primos a um sobradinho na zona de meretrício da cidade. Se ficara dez minutos na cama suja, fora muito. Recebera o tratamento dedicado pelas putas aos meninos: alguns sorrisos, certa pressa. Um ritual a ser cumprido mas, verdadeiramente, sem graça. Namorada, nem tivera. As garotas da minha classe na escola corriam atrás dos rapazes mais velhos que, com três anos a mais, já se consideravam adultos. Eu era tímido. Introspectivo. Meu bigode mal passava de penugem, por mais que eu raspasse às escondidas, para ver se crescia mais rápido. Pela primeira vez, uma mulher — mesmo freira — conversava comigo como se fosse, de fato, o homem que tanto queria ser.

Minha mãe, é claro, se horrorizou.

— Agora só falta querer que você vire padre.

Defendi-me.

— Se eu dissesse que não, ela podia desconfiar que somos protestantes.

Suspiros.

— Vai algumas vezes, só para não fazer feio. Depois, a gente inventa uma desculpa.

Todas as tardes, passei a sair com irmã Edith, enquanto meus amigos da rua espiavam, curiosos. Sentia-me envolvido por uma aura de santidade, pois tomava cafezinho com as freiras, comia bolo e pão com manteiga e duas vezes, sem que mamãe soubesse, almocei pela segunda vez na casa delas. (Mamãe me mataria. Segundo seu raciocínio, iam dizer que eu não tinha almoço em casa.) Em geral íamos sozinhos, porque as outras saíam mais cedo. Ela me esperava voltar da escola. Sem dúvida, fui importante para a movimentação de toda a comunidade. Nas primeiras vezes ensinei o ônibus correto. A encontrar, na fronteira da zona rural, os agrupamentos de casinhas de oleiros e, para surpresa delas, pequenas chácaras onde algumas famílias ainda viviam de criar galinhas e plantar verduras vendidas informalmente. As entrevistas se assemelhavam a longas conversas, que eu ajudava a anotar.

— Onde trabalha?

Aos poucos, as histórias e as palavras começaram a se parecer. O cotidiano era idêntico, as variações mínimas. Casa, tijolo, barro, rio e peixe eram termos freqüentes. Pois havia um rio onde os homens costumavam pescar nas noites de fim de semana. As conversas foram me demonstrando a lógica daquele método. Sim, sem dúvida aquelas pessoas entenderiam muito melhor como escrever casa, do que começar no C mais A e esperar até o S mais A para formar a palavra inteira. Descobri que tão perto de mim havia gente capaz de viver de um jeito tão diferente, com perigos impensáveis para quem vivia na cidade. Soube da história de um menino engolido por uma sucuri, que viera trazida pelas águas do rio.

— Quando o pai chegou, só viu os pés do filho pra fora da boca da cobra — contou a dona-de-casa, na entrevista.

Logo a palavra cobra ganhou importância. Eram muitas, e as picadas eram freqüentes. Cascavel. Bote. Picada. Veneno.

Chegávamos de noitinha, falando sobre aquelas pessoas. Aos poucos, chegamos a nossas vidas.

— Meu pai era fazendeiro — contou irmã Edith.

Família rica, como percebi. A mãe às vezes mandava doces em lata, frangos assados, comida boa para ajudar na comunidade. Não entendi.

— Mas se você era rica, por que quis ser freira?

Há muito já não a chamava de senhora. Mal falei e percebi a gafe. E os longos discursos sobre fazer o bem, contribuir para a educação e a consciência do mundo, com que ela me enchia os ouvidos no trajeto? As conversas sobre uma igreja mais participante, capaz de aumentar a dignidade do ser humano? Conversas que eu ouvia, sempre concordando mas sem nada dizer. Primeiro, porque não tinha opinião, nem nada sabia sobre os católicos. Segundo, para que ela jamais suspeitasse de minha verdadeira religião. Ser freira devia ser uma espécie de missão. Vocação, como diziam as do convento ao tentarem convencer as filhas das vizinhas a tomarem o hábito. A reação de irmã Edith foi surpreendente. Não respondeu com teoria, nem afirmações religiosas. Sorriu com tristeza.

— Eu nunca pensei em ser freira.

Observei-a, espantado.

— Tive um noivo, e ele me abandonou.

Ficamos em silêncio. Alguma coisa doeu dentro de mim. Foi minha vez de descobrir. Ela também era uma pessoa. Sorriu novamente, um mexer de lábios tristes como quem sente a dor de uma cicatriz. Mudou de assunto.

— E o livro, já leu?

Tomei coragem.

— É muito de criança.

Seus olhos percorreram a estante. Levantou-se.

— Espere.

Voltou com um volume encapado e me entregou. Ainda conservava o perfume de suas mãos.

— Eu guardo no quarto. Não deixe as outras irmãs perceberem que emprestei, nem devia estar comigo. É melhor também não mostrar para sua mãe, caso ela tenha ouvido falar.

Abri, e vi o título: "Madame Bovary".

Tínhamos um segredo. Escondi o livro embaixo do colchão, junto com as aventuras da espiã nua. Depois que a luz do quarto de meus pais se apagou, acendi a do meu. Nem sei dizer se entendi algo da beleza do estilo de Flaubert. A profundidade psicológica da personagem. Mas devorei, pulando alguns trechos mais descritivos. Torcendo pelas aventuras amorosas daquela mulher, e sofrendo com seu suicídio final. Foi uma experiência preciosa. Um livro podia revelar alguém de tal maneira que era como se a conhecesse. Podia me escandalizar, pois afinal a personagem rompe barreiras que para mim, criado nos códigos do protestantismo, eram limites rígidos. Percebi que a experiência amorosa comporta riscos e um certo grau de coragem.

Quando devolvi, ela perguntou o que eu achara.

— Gostei.

— Só?

— Não gostei dela morrer no final.

— Mas a vida nem sempre é um conto de fadas — rebateu. — E, de qualquer maneira, ela já estava morta.

— Como? — era estranho ouvir aquilo.

— A vidinha burguesa que a personagem levava, com o marido médico, sem expectativas, era uma espécie de morte.

Aquelas palavras caíram como um raio na minha cabeça. Então, havia duas vidas. A vida que é morte. A vida que é vida. Certas frases, certos momentos aglutinam sentimentos dispersos, sensações inexplicáveis. De repente entendi meu desconforto ao ouvir papai falar que eu tinha um futuro, que poderia ficar bem de vida, sobretudo se fosse fiscal de impostos e ganhasse propinas. Minha sensação de exclusão, quando ouvia os amigos falando de namoradas, de muitas mulheres e, um dia, casamento e riqueza. Intuitivamente, já não queria uma vida assim, tão comum. De certa forma, aquelas angústias eram as minhas. Eu não queria uma existência capaz de ser formulada nas palavras de uma pesquisa. Palavras-base, capazes de explicar todos os meus sentimentos, todas as minhas ações, todas as minhas esperanças. Meu sonho era ir além do método. Mais que isso: eu queria estar com ela.

— Você sofreu quando seu noivo foi embora? — perguntei, quase sem querer, tomado por um atrevimento que me assustou.

Hesitou.

— Claro.

— Mas por que não fez como ela, por que não...

A tarde caíra, já estava na hora de voltar para casa. Logo as outras freiras chegariam. Eu temi que não houvesse tempo para a resposta e parei de falar.

— Eu e ele... você sabe — respondeu irmã Edith, surpreendentemente tímida. — Você já sabe dessas coisas, não?

— Sei — abaixei a cabeça envergonhado.

— Meu pai queria me expulsar de casa, eu tive medo. Fui para o convento.

Alguém abriu a porta. Uma freira jovenzinha, pouco mais velha do que eu, tocou o interruptor e acendeu a luz.

— Ah, estão aí.

— Eu já estava indo.

— Ele vai me ajudar na tabulação.

— Que bom assistente você arrumou.
Em casa, mamãe esbravejou.
— Agora você não larga mais da saia daquela freira.
— Eu prometi ajudar, estou ajudando.
Brigamos. Com o coração apertado, contei.
— Irmã Edith vai embora logo.
— Ainda bem. E não chame de irmã, que você não tem irmã. Só espero que depois você suma de lá.

Para as mães, meninos continuam meninos por muito mais tempo do que elas supõem. Não, não era irmã. Várias vezes eu acordara com o sêmen grudando na coxa e a imagem difusa do rosto triangular. Só de lembrar daquele cheiro de sabonete e corpo de mulher, meu pinto endurecia. Quando deitei, senti uma espécie de febre, pois sabia seu segredo. O noivo não quisera casar com ela. A igreja fora um abrigo. Decidi.

— Eu caso!

Durante alguns dias, não ficamos sozinhos novamente. Quase como se ela evitasse, marcando horários em que sempre havia outra irmã. Ensinou-me a tabular. Devia ler os depoimentos, colhidos por todas as freiras, e ajudá-la a identificar os termos mais freqüentes.

— É através deles que será montado o curso.

Quando terminamos, anunciou:

— Vou embora sábado.

Minha garganta doeu de tanto sofrimento.

— Mas já?

— Fiquei mais do que devia, a pesquisa atrasou. Ainda bem que você ajudou a tabular. Já estão me esperando no Araguaia.

Sorriu, mostrando aqueles estranhos dentes pontiagudos.

— Venha amanhã, para a gente se despedir.

Seria na sexta. Tomei banho como no primeiro dia e botei um pouco do perfume do meu pai, que ele guardava para ocasiões especiais. Olhei cautelosamente para o espelho e odiei aquela penugem embaixo do nariz. Corri à cozinha, peguei um pouco de pó de café e esfreguei. Parecia funcionar. Os grãozinhos pretos pareciam, ao menos de longe, sinais de um bigode bem raspado, mas prestes a crescer em tufos.

Quando cheguei, o ar estava pesado de silêncio.

— Fiquei esperando por você. As outras foram caiar a escola. Vai ser numa salinha no fundo de uma igreja, acho que você sabe qual é.

Sim, fora eu mesmo que mostrara a igrejinha perdida numa vilazinha de oleiros constituída por uma praça e poucas ruas transversais.

— Também tenho que terminar minha mala.

Continuei em silêncio, tentando tomar coragem para falar em casamento. Seria só uma questão de tempo. Até eu começar a trabalhar. Um colega de classe arrumara emprego em uma farmácia. Quem sabe eu teria a mesma sorte. Saiu e voltou com o livro encapado.

— Quero que fique com ele.

Abri a primeira página, onde seu nome estava escrito. Tive a sensação de que era seu único tesouro pessoal, a recordação de uma vida anterior, onde eram outros os sonhos e esperanças.

— Não vai fazer falta? — perguntei, tolamente.

— Nem devia estar mais comigo. Quando a gente entra na Ordem, deixa toda a vida de lado.

Contou que, ao chegar, deixara até mesmo as roupas antigas, incluindo um cordãozinho de ouro que ganhara da madrinha no batismo.

— Por que não pode?

— É o início de uma nova vida, a gente abandona tudo que está para trás. O livro, minha mãe me mandou depois, porque eu gostava muito dele, e ficara escondido. Os outros, meu pai queimou. Disse que tinham virado minha cabeça, e por isso... eu fiz aquela coisa errada com meu noivo. Mas, de fato, por que ficar com o livro? Quero que fique com você, para ler outras vezes. Vai ser mais útil. E tente outros, tente muitos.

Tomei coragem.

— Mas não era errado, era?

Olhou para mim, surpresa.

— Errado o quê?

— Você e seu noivo.

— Na época, eu me sentia muito culpada. Eram outros tempos, morava longe de tudo. Hoje eu sei que não, nunca foi errado. Mas, de certa maneira, foi errado sim, por outro motivo. Não por ter feito o que fiz. Mas por acreditar em quem não me entendia.

Minha mão estava próxima da dela. Senti uma convulsão interior, meu coração bateu mais depressa.

— Você está bem? Ficou vermelho de repente.

Então, em um gesto só, nem sei como tive coragem, eu pus a mão sobre a dela, senti o toque da carne morena.

— Eu amo, amo você, casa comigo!

Primeiro ela riu, e tive vontade de chorar.

— Já estou perto dos quarenta, quase podia ser sua mãe.

Como podia ser tão linda e se comparar com minha mãe, que parecia uma velha? Tentei falar e os soluços saíram no lugar das palavras. Lamentavelmente, comecei a chorar. Levantei-me, sem pegar o livro, só queria correr e me enfiar em casa, longe de tanta vergonha. Senti seu braço no meu pescoço. Abraçou-me por trás.

— Vou embora.

Ela me virou devagar, pegou um lenço, enxugou minhas lágrimas. Encostei a cabeça no seu ombro e chorei até cansar. Ergui os olhos exausto, com uma estranha sensação de alívio. Então senti que ela me abraçava mais forte, e o calor do seu corpo comunicou-se com o meu. Ficamos um longo tempo parados, trocando apenas nossos calores. Envergonhado, senti meu pinto duro. Com medo que ela percebesse, quis me afastar. Ela me apertou mais forte. Meu rosto estava perto do seu, e se aproximou ainda mais. Era um pouco mais alta. Abaixou a cabeça e me beijou. Tive uma sensação esquisita, de sentir o ar passando através de nossas bocas, pois eu nunca beijara na boca. Senti até uma espécie de tontura, com um mundo escuro rodopiando em torno de mim. Havia também um gosto de bife, de cebola, mas parecia estranhamente bom, íntimo. Ela me abraçou mais forte e me empurrou para dentro, para os limites que eu ainda não conhecia.

Era um quarto com três camas de solteiro, e aquele incrível cheiro de sabonete que até hoje me desperta uma sensação de ternura. Virou-se e tirou o vestido com simplicidade, sem ritual algum. Abriu meu cinto, e minhas calças deslizaram pelas pernas. Quase morri de vergonha, mas o desejo era maior. Tirou uma combinação de pano grosso. Deitou-se de sutiã. A calcinha era larga, desajeitada. Eu agi como fiz com a meretriz, era só assim que sabia. Deitei em cima. Ela gemeu, e nos beijamos novamente. Cochichou:

— Quero ver você pelado.

Tremi. Desabotoou minha camisa. Desceu minha cueca. Sentei na cama, com os pés embaralhados, e arranquei. Fiquei só de meias. Insistiu:

— Tira as meias.

Despiu-se, vi seus seios, grandes, com mamilos arroxeados. Mergulhei o nariz no seu corpo, descendo até o púbis. Sentindo a fonte daquele cheiro que agora estava forte, e continuava embriagador.

— Põe.

Fiz como sabia, inexperiente. Mexeu os quadris. Olhos semicerrados.

— Põe mais... até o fim.

Meu temor foi desaparecendo, substituído pelos movimentos do corpo. Ela agarrou meus quadris, me puxou com mais força. Gritei, ouvi seu gemido rápido.

Não fiquei mais um minuto sequer sobre seu corpo. Ela se mexeu, quase me derrubando de cima dela. Vestiu-se com pressa.

— Ponha a roupa, antes que chegue alguém.

Eu a olhei apavorado, tomando consciência do que acontecera. Sua pressa foi suavizada por uma expressão de ternura.

— Agora você vai ficar com medo do purgatório, porque é pecado — disse.

— Não é pecado não — contestei.

— Se você contar para o padre, ele vai dizer que é. Ainda mais porque sou freira — e havia uma certa preocupação em seu tom.

— Não é pecado, porque sou protestante. Presbiteriano não tem freira.

Houve uma expressão de surpresa. Um novo sorriso. Alívio? Não sei.

Nós nos vestimos depressa, ela ajeitou o lençol.

— Fica morando aqui na cidade — pedi. — Eu não sou como seu noivo, eu posso casar.

Dessa vez seu sorriso foi emocionado, e percebi que havia tocado em algum lugar muito íntimo de seu coração.

— Vamos para a sala.

Anotou meu nome e endereço.

— Vou escrever.

— Mas por que você não pode ficar? Não queria ser freira, foi só por causa do seu pai.

Uma expressão estranha cobriu seu rosto.

— Tem muita coisa que eu não concordo na igreja. Acho que nem sou um bom exemplo de freira. Mas gosto.

— Gosta de ser freira? Mas... e...

Não tive coragem de continuar, e dizer a palavra sexo.

— Tem coisas que eu não gosto em mim mesma. Às vezes, não sentir um toque no corpo, nunca, é insuportável. Você viu, eu até tive vergonha da pressa... com que... eu...

Olhou para mim compreendendo.

— Você nem percebeu, não é?

— O quê?
— Que eu tive prazer.
Nunca ouvira falar nisso. Nem sabia que as mulheres gostavam. Diziam que era pecado e vergonhoso, seria indecente uma mulher gostar. Mas ela era freira, e se gostava, não devia ser tão vergonhoso assim. Eu estava absolutamente confundido.
— Pelo menos... você já tinha conhecido mulher?
— Já. Uma vez.
Botou a mão embaralhando meus cabelos, gentil.
— Pelo menos esse pecado não cometi. Senta.
Puxei a pesada cadeira da sala de jantar.
— São poucos os homens que conseguem deixar uma mulher feliz. Você... você conseguiu me deixar... assim...
— Feliz?
— Mais tarde, as mulheres... vão ficar loucas por você.
Aquilo parecia uma despedida. Doeu.
— Você não gosta mais de mim porque sou protestante?
— O que importa é que é cristão.
Implorei.
— Fica, fica, não vai embora amanhã.
Entregou o livro.
— Prometo escrever. Quem sabe, um dia, a gente se vê outra vez. Você nem vai olhar para mim. Eu vou ser uma velha.
Chorei. Pedi para me despedir amanhã, só amanhã. Ficou séria.
— Se prometer lavar o rosto e parar de chorar, pode vir. Eu vou embora na hora do almoço.

Dei minha palavra. Fui ao banheiro, peguei o sabonete. Senti profundamente o seu cheiro. Lavei as lágrimas. Corri para casa. Sentia um cansaço enorme. Caí derrubado na cama. Mamãe pensou que era febre, me levou café com leite e pão. Dormi. Acordei cedo e revirei o quarto à procura de um presente para ela. Só podia ser um, o mais caro e precioso: minha correntinha de ouro, presente de vovó. Atravessei a loja de mamãe, pronto para ir à rua.

— Onde você vai?
— Me despedir. Ela vai embora.

Jamais poderia chamá-la de irmã novamente. Nem de Edith, para mamãe não desconfiar. Tinha boa noção do escândalo que faria. Surpreendeu-se.

— Não se despediu ontem?
— Eu... eu vou me despedir outra vez.
— Mas ela já foi embora. Estava partindo no carro do padre bem cedinho, antes da loja abrir.

Corri até a casa das freiras. Toquei a campainha. Só estava a irmã mais velha. No lugar do cheiro de sabonete e corpo de mulher, apenas o do alho e cebola fritando.

— Foi bem cedo.

Pareceu compreensiva.

— Acho que não quis se despedir. Gostava muito de você. Dizia que era seu companheirinho. Dizer adeus dá tristeza... e a gente não pode se apegar.

— Mas ela volta?
— A gente nunca sabe para onde vai. A igreja é que determina. Espere.

Voltou com um santinho.

— Tome para você.

Voltei correndo para o bazar. Minha mãe vociferou.

— Eu sabia que ia acabar de santinho na mão!
Imediatamente, me pôs para trabalhar no balcão. Tive que jurar nunca mais ir ajudar as freiras, pois ela precisava de mim na loja. Perguntou se havia contado nosso segredo. Menti. Não, nunca dissera ser protestante.
— Pelo menos!
O segredo maior guardei. Nunca me escreveu. Várias vezes, quis ter notícias dela, quis enviar cartas através das outras irmãs. Se recebeu ou se perderam no caminho dos conventos, não sei. O curso de alfabetização foi fechado pelos militares no final dos anos 60, pouco depois da inauguração. Várias freiras fugiram às pressas, de noite, e o bispo teve de intervir para a polícia não invadir a comunidade. Fui estudar na capital. Vinha ver a família nas férias. Mamãe envelheceu, papai se foi. O bazar fechou. Quando voltei de mudança para minha casa, pois ela não podia mais morar sozinha, fui observar a casa da esquina, com um sentimento de nostalgia. As paredes velhas e sem pintura. O jardim mais crescido e maltratado. Não resisti. Bati à porta, já fazia tantos anos!
Atendeu uma senhora madura, de roupa jeans e camiseta branca. Observou-me curiosamente.
— Há muito tempo aqui era uma comunidade de freiras. Sabe para onde elas foram?
— Ainda é.
— Morava perto daqui, quando era rapazinho.
Atualmente, até os vestidos cinzentos foram abolidos, substituídos por roupas mais práticas. Ninguém diria ser uma religiosa. Contei minha história. O curso de alfabetização. A importância daquela época, que me fizera estudar, afinal, sociologia e jornalismo.

— Sempre quis saber o que houve com irmã Edith.
Os olhos da freira de jeans se marejaram de lágrimas.
— Entre.
Serviu um café doce demais.
— Conheço bem a história dela.
Tive um arrepio. Finalmente.
— Foi para o Araguaia. A época era terrível, você sabe, os militares eram contra tudo que fosse a favor do povo, com cheiro de esquerda. Havia um movimento de luta pelas terras, os fazendeiros se revoltaram... ela ficou, é claro, do lado dos pobres.
— Foi presa? — assustei-me, lembrando as histórias de tortura.
— Levou um tiro e morreu.
Senti uma dor, uma emoção.
— Mas ela estava consciente do que queria, ficou do lado dos pobres até o fim.
— É triste pensar que...
A freira serviu mais café, já um tanto frio.
— Sabe? Ela foi enterrada por lá mesmo. Dizem que do seu túmulo verte água, e faz milagres. Falam que os doentes se curam. Que é santa.
De repente, fui tocado por um sentimento de paz. De mistério e santidade.
Lembrei o rosto triangular de minha bela freira e descobri que aquele amor nunca morreu. Estava lá, ainda vertendo água, ainda tocando minha vida. Dizem que Deus escreve direito por linhas tortas. Quem sabe, é essa a explicação do mistério. Ela foi isso, na sua pequenez, humanidade e grandeza. Uma linha torta.

Os autores

Adriana Falcão nasceu no Rio de Janeiro, em 1960, e passou boa parte da vida em Recife. Formada em Arquitetura, nunca exerceu a profissão. Com o marido João Falcão, Adriana já realizou grandes parcerias, como as três filhas, o texto de *Cambaio*, musical assinado por Chico Buarque e Edu Lobo, além de outras peças de teatro. Roteirista da Rede Globo, escreveu para as séries *Comédia da vida privada*, *Brasil legal*, e, ao lado do marido e Guel Arraes, participou do roteiro de *O auto da Compadecida*. Esta é sua segunda participação na Coleção Prosa Presente, na qual publicou um conto em *13 maneiras de amar*. Seu primeiro romance, *A máquina*, recebeu adaptação para o teatro.

Charles Kiefer, nascido em 1958, é gaúcho de Três de Maio. Com mais de vinte e cinco livros publicados, conquistou o prestígio de público e crítica com as obras *Caminhando na chuva*, *Valsa para Bruno Stein* e *Dedos de pianista*. Já ganhou o prêmio Jabuti três vezes com *O pêndulo do relógio*, *Um outro olhar* e *Antologia pessoal*. Destacam-se, ainda, o livro *A última trincheira*, que funde os gêneros de crônica e ensaio, e a novela *O escorpião da sexta-feira*. Kiefer também é professor e já publicou pela Nova Alexandria o conto "O boneco de neve", integrante da antologia *Pátria estranha*.

João Anzanello Carrascoza é natural de Cravinhos, interior de São Paulo, e nasceu em 1962. Desde 1980 reside na capital, onde atua como redator publicitário. Vencedor de importantes concursos literários, entre eles o Prêmio Internacional Guimarães Rosa, Carrascoza já lançou diversos livros, como *Hotel solidão*, *O vaso azul* e os romances juvenis *A lua do futuro* e *O jogo secreto dos alquimistas*, além de algumas histórias infantis. Em 1999, representou o Brasil na antologia *Cuentos breves latinoamericanos* ao lado de Moacyr Scliar e Marina Colasanti. No ano seguinte, participou de *O decálogo*, primeiro volume da Coleção Prosa Presente.

José Rubens Siqueira nasceu em Sorocaba, interior de São Paulo. Com trinta anos de profissão, é pesquisador, tradutor, diretor e escritor. Em teatro, destaca-se o trabalho que desenvolveu em 1984 como autor, ator e cenógrafo em *Artaud, o espírito do teatro*, que lhe rendeu o Prêmio Mambembe especial de dramatização. Além de dirigir diversas peças, traduziu o clássico *Hamlet* e assinou o texto de uma adaptação de *Os Lusíadas*. No cinema, realizou dezessete curtas-metragens, além de ter representado o Brasil em vários festivais internacionais. Pela Nova Alexandria, lançou em 1995 a biografia de Flávio Rangel intitulada *Viver de teatro*, que teve grande repercussão.

Lourenço Cazarré, nascido em Pelotas, Rio Grande do Sul, em 1953, é jornalista e autor de mais de trinta livros, entre novelas juvenis, livros de contos e romances. Ao longo de sua carreira, recebeu diversos prêmios literários, dentre eles o Prêmio Jabuti, em 1998, além de ter duas de suas obras indicadas como Altamente Recomendáveis pela Fundação Nacional do

Livro Infantil e Juvenil. Entre os textos para jovens, destacam-se *Nadando contra a morte*, *Um velho velhaco e seu neto bundão* e *A cidade dos ratos – uma ópera roque*. Na literatura adulta, seus principais trabalhos são *O caleidoscópio e a ampulheta*, *Enfeitiçados todos nós*, *Os bons e os justos* e *Noturnos do amor e da morte*.

Luiz Galdino é paulista de Caçapava e formou-se em História da Arte. É autor premiado de vários livros infantis e adultos. *A vida secreta de Jonas* e *Terra sem males* (Prêmio Jabuti de Melhor Livro Infanto-Juvenil) estão entre suas obras de maior sucesso. Na literatura adulta, lançou contos, romances e novelas, entre os quais *O príncipe da pedra verde*, ganhador do Prêmio Literário Nacional (Instituto Nacional do Livro), *A missa do Diabo*, Prêmio Fernando Chinaglia, e *Urutu Cruzeiro*, Prêmio Nacional do Clube do Livro. Pela Nova Alexandria, já publicou os infantis *Um índio chamado Esperança* e *Sacici Siriri Sici*, além de ter participado de *Pátria estranha* (Coleção Prosa Presente) com o conto "Carta de Babel".

Márcia Kupstas é paulistana e nasceu em 1957. Foi professora de Redação e Literatura e hoje é escritora profissional, com mais de sessenta livros publicados. Em 1988, foi ganhadora do prêmio Revelação do Concurso Mercedes-Benz de Literatura. Dentre os principais trabalhos na área juvenil estão *Revolução em mim*, *Clube do beijo*, *É preciso lutar!* e *9 cois@s E-mail que eu odeio em você*. Para adultos, publicou *O demônio do computador* e, pela Nova Alexandria, participou das antologias *13 maneiras de amar* e *Pátria estranha*.

Marcos Santarrita é sergipano de Aracaju, nascido em 1941, mas se criou na região cacaueira do estado da Bahia. Começou a escrever aos 16 anos, quando ainda era estudante em Salvador. Seu livro de estréia foi *A solidão dos homens* (1968). Em seguida, lançou o romance *Danação dos justos* (1977) e a trilogia *A solidão do cavaleiro no horizonte* (1978), *A juventude passa* (1983) e *Lady Luana Savage* (1986), sobre a luta armada no Brasil. Fez também incursões pela literatura infanto-juvenil com *Divina flor* (1998) e *Dom Ratão e Dona Ratita*. Sua obra já ganhou prêmios e foi elogiada por nomes como Jorge Amado e Ernesto Sábato.

Moacyr Scliar nasceu em Porto Alegre, em 1937. De origem judaica, formou-se em medicina, especializando-se em Saúde Pública. Enveredando pela carreira literária, lançou cinqüenta livros em quase todos os gêneros, do romance ao ensaio, vários deles premiados e publicados fora do país. Participou da Coleção Prosa Presente por três vezes em *O decálogo*, *Os apóstolos* e *Pátria estranha*. Muitos de seus trabalhos ganharam adaptações para o cinema, TV, teatro e rádio. Atualmente é colunista dos jornais *Folha de S. Paulo* e *Zero Hora*.

Regina Rheda nasceu em 1957, no interior de São Paulo, mas radicou-se nos Estados Unidos, onde mora com o marido e três gatos. Além de escritora, Regina já trabalhou como diretora e roteirista de cinema, vídeo e TV. Em 1994, com seu livro de estréia *Arca sem Noé – Histórias do Edifício Copan*, ganhou o Prêmio Jabuti. Em seguida, publicou mais dois livros, o romance *Pau-de-arara classe turística* e a coletânea de contos eróticos *Amor sem-vergonha*. Da Coleção Prosa Presente, já participou com um conto no volume *Pátria estranha*.

Vivina de Assis Viana, mineira, mora em São Paulo desde 1968. Antes de se tornar escritora, foi professora de Português e Francês. Seu primeiro livro, *O dia de ver meu pai*, é de 1977, e os trabalhos que se seguiram mereceram traduções e prêmios. *O mundo é pra ser voado*, obra juvenil, recebeu o Jabuti em 1989. Seus livros mais conhecidos são *Ana e Pedro*, em parceria com Ronald Claver, *O rei dos cacos*, *Picasso*, *Sabe de uma coisa? (Diário de uma adolescente)* e *O jogo do pensamento*. Publicou também contos para adultos em diversas antologias e eventualmente colabora com artigos em jornais e revistas.

Walcyr Carrasco nasceu em Bernardino de Campos, interior de São Paulo, em 1951. Passou a infância e adolescência em Marília, onde sua mãe realmente teve um bazar próximo a um colégio de freiras, como descreve em seu conto. Escreveu vários livros infanto-juvenis, entre eles "Vida de Droga", que descreve com precisão o universo de jovens viciados. É autor de teatro, com peças como *Batom* e *Êxtase*. É cronista da revista *Veja São Paulo*, em que se destaca pelo humor ferino em cima de situações do cotidiano. Também é roteirista de televisão, sendo autor de novelas de sucesso, como *Xica da Silva*, *O Cravo e a Rosa* e *A Padroeira*.

Impresso em off set

Rua.Clark,136-Moóca
03167-070 - São Paulo - SP
Fonefax:6605-7344
E-MAIL-bookrj@terra.com.br

com filmes fornecidos pelo editor